Kleines Gulasch in St. Pölten

Klaus Nüchtern

Kleines Gulasch in St. Pölten

Nüchtern betrachtet:
78 ganz brauchbare Kolumnen
mit 5 exklusiven, bislang
unveröffentlichten Vorworten

Falter Verlag

Textbeiträge von: Roland Koberg, Michael Loebenstein,
Eva Weissenberger, Christopher Wurmdobler
Illustrationen: Ivan Klein
Lektorat: Ulrike Hirhager
Layout: Reinhard Hackl
Produktion: Susanne Schwameis
Satz: Falter Satz, Wien
Druck: Ma-Tisk, Slowenien

ISBN 3-85439-306-7

1011 Wien, Marc-Aurel-Straße 9
Tel. 01/536 60-0, Fax 01/536 60-35
E-Mail/Verlag: bv@falter.at
E-Mail/Bestellungen: service@falter.at
Homepage: www.falter.at

Inhalt

There's a new sensation
a fabulous creation
a danceable solution
to teenage revolution

© Heribert Corn

Dieses Buch ist dem Anzug von
Bryan Ferry gewidmet.

Was bisher geschah

Die von niemandem gestellte Frage, warum nach „Rain On My Crazy Bärenfellmütze" im Herbst 2001 nun schon wieder ein Band mit „Nüchtern betrachtet"-Kolumnen erscheint, ist leicht zu beantworten: erstens ist genug da, und zweitens machen der Verlag und ich jede Menge Kohle damit. Vor der Formulierung „leicht verdientes Geld" schrecke ich zurück, weil es das zwar für mich, nicht aber für den Verlag ist: Der muss das Buch setzen, korrigieren, drucken und in billigem Pappendeckel binden lassen; dann muss er den Fotografen Heribert Corn telefonisch erreichen und zu einem Fototermin in die Pilgramgasse schicken; der Corn muss kommen (Kommen und Corn ist so eine Sache – bei dem Shooting mit mir ist er zum ersten Mal in seinem Leben zu früh gekommen); es müssen Werbekampagnen designt und lanciert, Inseratenplätze und Plakatflächen gekauft bzw. gemietet, Buchpräsentationen organisiert, Journalisten informiert, Nepotisten buseriert werden, usw., usf.
Während diese gigantische Medienmaschine rotiert, trage ich mein leicht verdientes Geld in die Boutiquen dieser Stadt, um mir kühn gemusterte T-Shirts zu kaufen, für die mich die meisten gleichaltrigen Männer verachten (Christopher Wurmdobler, ein international gesuchter Vorwortschreiber und Modekritiker, ist viel jünger als ich) und zu denen mir jüngere Frauen gratulieren. Kurz & gut: ein Leben in Saus & Braus, mit Cacciatore & Brie de Meaux für die ganze Familie rund um die Uhr. Mindestens so schön wie das viele Geld (vielleicht

erinnert sich noch jemand an die wunderbare „Spitting Image"-Folge mit Michael Caine: Da kommen Typen mit Scheibtruhen, um dem Schauspieler – „there's more money comin', Mr. Caine!" – das Geld in den ausgelassenen Pool zu kippen) sind die Lesungen aus eigenen Werken, zu denen man mich einlädt. Seit dem Erscheinen von „Rain On My Crazy Bärenfellmütze" befinde ich mich nämlich auf einer Never-ending Tour durch das österreichische Bundesgebiet, die mich von Steyr bis nach Saalfelden und von Schwechat bis nach Schlierbach geführt hat (das hat bislang nicht einmal Chris de Burgh geschafft!). Lediglich Sierning und St. Pölten fehlen mir, aber das wird vielleicht auch noch. Viel unwürdiger kann ich mich vor der heimlichen Schuhhandelshauptstadt Österreichs nicht auf den Bauch werfen als mit diesem Titel! Der hätte ursprünglich auch ganz anders lauten sollen, aber der Chef des *Falter*-Medienkonzerns, Armin Fridolin Thurnher, hat gegen „Menschen, die schwätzen, wenn Bryan Ferry pfeift" sein Veto eingelegt. Mit Glamrock kann der Mann nichts anfangen (wer seine Krawatten kennt, merkt das sofort).

Das Tolle an den Lesungen – neben den Gebinden und Dessous, die auf die Bühne fliegen – ist der Umstand, dass mich die Veranstalter oft nur dazu benutzen, Tex Rubinowitz als Co-Leser und DJ einzuladen. Der legt dann für mich Singles wie „This Guy's in Love with You" von Burt Bacharach (in einer Coverversion von Herb Alpert auf), was mich in die Lage setzt, meinem jüngstem Hobby, dem romantischen Ausdruckstanz, zu frönen und mir einen Tanzhals zu holen. Gibt es etwas Schöneres auf der Welt? Wohl kaum!

Eine große Freude ist es auch, dass mich das Schreiben von Kleintexten in den Stand setzt, das Leben anderer Menschen zu verändern: Kaum kommen diese nämlich in einer Kolumne vor, werden sie von ihren entsetzten Eltern angerufen („Sag mal, stimmt es, dass dein Teppich krank ist??!!“) und müssen ein Vorwort schreiben. In dem tauchen dann wieder interessante Leutchen auf – Typen wie Rado R. zum Beispiel. Ich glaube, wir müssen den Burschen im Auge behalten! Und seine Eltern sollten unbedingt mal wieder anrufen bei ihm.

Klaus Nüchtern

Unter Kolumnisten

Manchmal, wenn ich nett zu jemandem sein will oder jemand einer zarten, unauffälligen Tröstung bedarf, mache ich ein Kompliment. Gerade in Berlin (schöne Grüße von hier!) werden im Allgemeinen zu wenig Komplimente gemacht, obwohl ihre Wirkung toll ist. Am besten wirkt ein Kompliment, wenn man sich selbst dabei herabsetzt. Nicht im koketten Sinne von *fishing for compliments,* sondern nur ganz wenig, sodass es der Komplimentierte fast nicht merkt, sondern sich eigener Stärken bewusst wird und freut – was ja der Sinn jedes Kompliments ist. Auch Nüchtern, der natürlich bei uns schlafen darf, wenn er nach Berlin kommt (und dem wir auch jedes Mal wieder vor dem Berliner Marathon das Bett herrichten, mag es ihm auch jedes Mal, wenn wir damit fertig sind, einfallen, dass ihn ein wichtiger Grund an der Teilnahme hindert), auch Nüchtern also kann Komplimente vertragen. Und als es mit der neuen persönlichen Bestzeit beim Berliner Marathon 2000 nichts geworden war, obwohl Nüchtern sehr gut im Rennen lag und ich ihm bei der Hälfte, auf der Straße vor unserem Haus, begeistert zurufen konnte, dass sein Rückstand auf Joschka Fischer nur mehr minimal sei, da fand ich es eben am nächsten Tag angebracht, ihm ein Kompliment zu machen. Ich habe bei Nüchterns einmal sehr gut indisch gegessen, und weil ich nun nett sein wollte und mir obendrein der Magen knurrte, lobte ich nun überschwänglich seine Kochkünste, nicht ohne das Lob dadurch zu steigern, dass ich selbiges „niemals“ kochen können würde, obwohl ich es doch so

„wahnsinnig gerne“ von ihm „lernen“ würde. Hochmotiviert stellte sich Nüchtern in die Küche, und wir nachtmahlten vorzüglich. Danke dafür.
Ich habe es schließlich aus der Zeitung erfahren. „Koberg kann nicht indisch kochen“, lautete der Titel von „Nüchtern betrachtet“. Da wird einem auch wieder klarer, warum so viele Leute Probleme mit „den Medien“ haben.
Verena meint, dass das Schreiben wahrscheinlich früher einfacher war. Sie meint, früher habe man sich hingesetzt, à la Thomas Mann 500 bis 1000 Seiten über die Familie oder Freunde geschrieben und sei irgendwann berühmt geworden. Heutzutage haben die Schreiber zwar auch nur ihre Familie oder ihre Freunde als Thema, aber im Gegensatz zu früher müssen sie sich heute als Kolumnisten verdingen und jede Woche pointenreiche Kurzprosa zum Alltag abliefern. Tun sie das nicht, werden sie zu ihrem Chef zitiert und gefragt, ob sie eine Schreibkrise haben. Wobei das noch nie Nüchterns Problem war.
Zu unserem Bekanntenkreis gehören Restaurant-Kolumnisten (4), Hunde-Kolumnisten (3), Väter-Kolumnisten (2), „Dichter dran“-Kolumnisten (2), Sex-Kolumnisten (1) und Nüchtern. Verena meint, ohne uns, die Freunde, wären sie nichts. Wenn sie etwas erleben müssen, um Erlebtes aufschreiben zu können, kommen sie zu uns, schauen sich die Simpsons an oder gehen mit uns bowlen und erklären den 11. September zum „Homer-Simpson-Memorial-Day“.
Wir, die Freunde der Kolumnisten, hängen Kolumnen, in denen wir vorkommen, natürlich sofort aufs Klo, denn in regelmäßigen Abständen kommen die Kolumnisten vorbei, um zu kontrollieren, ob man ihre Kolumnen auch am Klo hängen hat. Dort ver-

gisst man die Kolumnen, und so war die über den 11. September auch noch im Jahr 2001 da. Seither werden wir von unseren Freunden für eiskalte Zyniker gehalten. Nur die Kolumnisten kommen weiterhin zu Besuch.
Verena meint, am besten wäre es, wenn es wie beim Jagen eine Schonzeit für Freunde, Bekannte und Verwandte von Kolumnisten gäbe. In den, sagen wir, Monaten mit „r", wäre es dann verboten, Kolumnen über Freunde, Bekannte und Verwandte zu schreiben, und dann könnten wir endlich die Dinge tun, die sonst immer das Thema von Kolumnen sind. Lampen kaufen und bowlen gehen zum Beispiel.
Verena hat das alles eigentlich nicht gesagt, sondern aufgeschrieben. In einer Kolumne aus der Serie „Unterm Strich". Das brachte 153 Euro fürs Haushaltsgeld. Danke dafür.
Wir müssen einfach alle noch viel mehr übereinander schreiben.

Roland Koberg

Ein Herz und eine Krone

Gekrönt wird schnell einmal einer beim *Falter*. Darauf braucht man sich nichts einzubilden. Aus Klaus Nüchterns Kolumnen wissen Sie, dass der Theaterkritiker Wolfgang Kralicek seit einem Betriebsausflug in die Boutiquen Istanbuls „King Kenzo" genannt wird. Aus dem Editorial, dass Mitarbeiter, die es sich erlauben, ihren kollektivvertraglichen Urlaubsanspruch zu konsumieren, als „Urlaubskönige" diffamiert werden. Fremdenfreundlich, wie wir sind, nehmen wir auch gerne bei den Machtstrukturen fremder Völker Anleihen: Kinokritiker Michael Omasta wird wegen seines elegant ergrauten, fülligen Haupthaares „Häuptling Silberbär" genannt, Nüchtern selbst – warum auch immer – „Häuptling mümmelnder Biber".

Ich führte lange Zeit den Titel „Königin der Nacht". Das war gemeinerweise kein Ehrentitel, der mein geselliges Wesen auszeichnete. Nein, der Chef fand, ich würde den Redaktionsschluss – Montag, 17 Uhr – nicht ernst genug nehmen. Das stimmte, erstens, so nie, war, zweitens, nur auf meinen Fleiß und Perfektionismus zurückzuführen und ist, drittens, schon lange her.

Aber, bitte, „Königin der Nacht" war immer noch besser als mein anderer Spitzname beim *Falter*: „Weisse". Eine solche Verballhornung muss jeder Redakteur hinnehmen, dessen Nachname mehr als zwei Silben hat. Als ich zum *Falter* kam, gab es dort schon einen Kralle (ein anderes Pseudonym Krali-

ceks) und einen Wurme (Christopher Wurmdobler). Neude (Sigrid Neudecker), Rotte (Thomas Rottenberg) und Zelle (Klaus Zellhofer) hatten längst gekränkt zu anderen Medien gewechselt. Meine geschätzte Kollegin Nina Weißensteiner jedoch hatte ausgeharrt. Also rief mich der Chef „Weisse II". Heute weiß ich, wie sich der Jüngere von Zwillingen fühlen muss.
In meiner Verzweiflung, um endlich einmal alleine im Mittelpunkt zu stehen, bat ich meine alten Freunde von Roxy Music, in meinem Keller aufzutreten. Zu diesem Konzert zog ich meine hübscheste, pinke Seidenbluse an, dekorierte meine Wohnung mit originellen Sitzgelegenheiten neu, mixte bunte Getränke und lud „König Klaus" – so nennt er sich, wenn der Chef außer Haus ist – und all seine Untergebenen ein. Mit Erfolg: Weil es ihm bei mir so gut gefiel, krönte mich Nüchtern in seiner Kolumne zur „Style-Queen". Die alten Spitznamen waren vergessen.
Der Mann hat nicht nur Stil, sondern auch ein Herz.

Eva Weissenberger

Es ging um die Wurst

Was bleibt Schreibern einer Wiener Stadtzeitung, deren Zentralrat die Verwendung des Ich konsequent unter Strafe stellt, anderes übrig, als in die Literatur zu flüchten (oder sich hinter Alibikonstruktionen wie „man“, „das Publikum“ oder „informierte Kreise aus der Richterschaft“ zu verstecken)? „Bitte“, sagen die dann, „wir sind ja kein x-beliebiges Zeitgeistmagazin, das – getrieben vom Leidensdruck individueller Ausdrucksdefizite oder grassierenden Personality-Wahns – ein jedes Nockerl mit Bekenntnissen über die eigene libidinöse Befindlichkeit eröffnen muss. Wo kämen wir denn da hin?“
Einer der unerbittlichsten Adepten dieser Schule, also ein wahrer Talib, ist Nuechtern himself: nicht dieser hier, der in Gaudenzdorf haust, sondern jener dort, der schlicht in Meidling residiert, Protestant ist (und wahrscheinlich deshalb einem Warmduscher wie „Badly Drawn Boy“ Asyl im CD-Player gewährt) und dennoch das unfassbarste Erdäpfelgulasch diesseits meiner (jenseitigen) Oma kocht.
Letzteres bringt ihn mit diesem Nuechtern hier, dem manischen Kämpfer wider kulturelle Verblödung, kulinarische Fantastereien (ich sage nur „Ennstalsushi“) oder falsch verstandenen Pluralismus zur Deckung: ein Hang zur Professionalität (wenn schon Wurst im Gulasch, dann eine g'scheit fette!) kollidiert mit Episoden spontanen Dilettierens in fremden Ressortbereichen (ich sage nur Filmkritik – Leser der legendären „Fight Club“-Vernichtung von anno dazumal wissen, worum es geht).

Aber worum geht es eigentlich? Im Endeffekt um die Wurst, die einen aufrechten Talib wie Loebenstein tatsächlich vom rechten Weg selbstgerechter Verachtung abzubringen vermochte. Sie war, so viel sei verraten, köstlich: grob in der Konsistenz und von zartem, selbst durch gekonnte Paprizierung des Saftes nicht zu überschmeckendem Raucharoma. Fürwahr, es soll Ihnen versichert sein, der Mann praktiziert, was er predigt!
So borgt die Literatur vom Leben, der Gaudenzdorfer vom Meidlinger und der Ober-Talib von seiner flüchtigen Redaktionsbekanntschaft – ein paar unbedacht vorgetragene Schnurren, und schon findet man sich im Pantheon der österreichischen Literatur wieder. So geschehen mit dem Dänen-Penis: der Verachtung von Freund Rado R. („Schleimer! Karrierist! Du warst nie in Dänemark!!!") möchte ein geknickter Ex-Fundi nur matt entgegenhalten, dass die fragliche Toilette auf der griechischen Insel Rhodos zu finden sei. So viel dazu!

Michael Loebenstein

Zahlenmystik

Was bedeutet es, wenn Klaus Nüchtern mit einem Shirt des zugegeben recht hippen Modelabels Custo Barcelona durch die Redaktion spaziert, einem an sich dezenten, langärmeligen Pulli, an dem sich Kokain schnupfende Designer durch asymmetrisches Verteilen von ornamentaler Buntheit ausgetobt haben und auf dessen Rückseite groß die Zahl Neunundsechzig zu lesen ist? Wieso hat sich Nüchtern gerade für dieses Stück entschieden? Möglicherweise soll die Zahl ja ein Hinweis sein auf das Jahr seiner Geburt, seiner Einschulung oder seiner politischen Prägung? Alles nein, oder eher nicht. Und nur Einfältige würden bei Neunundsechzig – vor allem im Zusammenhang mit Klaus Nüchtern – an eine Aufforderung zur Ausübung irgendwelcher sexuellen Praktiken denken.

Die Zahl Neunundsechzig auf Nüchterns Long Sleeve von Custo Barcelona weist vielmehr darauf hin, dass der Mann a) tatsächlich zu den modisch Begabten beim *Falter* gehört und b) extrem praktisch veranlagt ist. Wenn sich Klaus Nüchtern nämlich im redaktionsinternen Wellnessraum kopfüber an die Sprossenwand hängt, um Übungen zu machen, die er in seltsamen Rückenschulen gelernt hat und die seinem Stellvertreterrücken gut tun sollen, bleibt die Zahl auf der Rückseite seines katalanischen Designerstücks gleich: Neunundsechzig bleibt Neunundsechzig, auch kopfüber. So gesehen könnte er natürlich auch ein Shirt mit der Aufschrift Acht oder Achtundachtzig besitzen. Oder Sechsundneunzig. Oder auch Null. (An dieser Stelle muss darauf hingewiesen

werden, dass ihm Custo-Shirts ausgesprochen gut stehen. Er besitzt mehrere davon.)
Unlängst präsentierte Klaus Nüchtern sein neuestes Shirt von Custo Barcelona. Neben bunten Farbflächen, wirrem Gekritzel und allerlei Unentzifferbarem ist darauf auch die Zahl Zwei zu erkennen. Was das nun wieder bedeutet? Ein Hinweis auf das Erscheinen seines zweiten Kolumnenbuchs natürlich, was sonst. Für die Sprossenwand ist die Zwei wohl kaum geeignet.

Christopher „Wurmdobler" Wurmdobler

Tanzhals sucht Nackendoktor

Meine zwei Feinde im Fitnesscenter

Wenn der Chefredakteur das Zimmer betritt und ich den Bürosessel in Bewegung setze, um Sichtkontakt herzustellen, ohne den Kopf wenden zu müssen, weiß der Chefredakteur, dass a) sein Stellvertreter einen steifen Hals hat und b) es wieder einmal Zeit für den nachdenklich stimmenden Vortrag zum Thema „Artgerechte Unterbringung in Büros“ wird, der mich einerseits zur Selbstermächtigung in Sachen Neuordnung des Mobiliars ermuntern möchte, mich andererseits mit väterlichem Wohlwollen in der Gruppe der Haltungsgeschädigten begrüßt. Dabei tu ich ja was! Bereits seit Wochen besuche ich ein calvinistisches Fitnessstudio, in dem ärmellose T-Shirts ebenso verboten sind wie Hosen ohne Hosenbeine. Stattdessen gibt es einen riesigen Maschinenpark voller stählerner Ungetüme, in die man sich einspannt, um unter großen Qualen Muskeln zu trainieren, von deren Existenz man bis vor kurzem noch nichts ahnte. Meine ganz persönlichen Feinde sind zwei Maschinen, die auf den charmanten Namen F1 respektive F2 hören und sich den Bauchmuskeln widmen. Das sind jene Muskeln, die angeblich unter dem Bauch beheimatet sind. Seit wenigen Wochen besitze ich sogar Seitenbauchmuskeln, die irgendwo über jenen Knochen liegen, zwischen denen bei jungen Leuten das Nabelpiercing liegt und die ich Beckenschaufelausläufer taufen möchte. Der einzige Zweck der Seitenbauchmuskeln besteht vermutlich darin, den beweglichen Teil von F1 in halbkreisförmiger Bewegung von Position 0 auf Position 13 und retour zu bewegen: zwei Minuten auf halblinker, zwei Minuten auf halbrechter Position. Ich mutmaße, dass die anderen Menschen, die dieses Fitnessstudio ganz offensichtlich auch nur deswegen aufsuchen, weil sie in zehn oder zwanzig Jahren noch „aufrecht" gehen, schmerzfrei sitzen oder ein Gurkenglas aufschrauben können wollen, ähnlich schlimme Feinde haben wie ich. Übermäßige Solidarität kommt dennoch nicht auf. Stattdessen kontrolliere ich ihre Gewichtseinstellungen und verachte alle jene, die weniger Kilos beugen und biegen, stemmen und stoßen müssen als ich.

Chef checkt Nottermin beim Nackendoktor

Zu den schönsten unter den leider und zu Unrecht in den Ruf des Infantilen und Verschmockten geratenen Partyspielen gehört neben Flaschendrehen und Apfeltauchen noch Tiere-Zuordnen. Es geht dabei darum, dass einzelne Personen von allen anderen Partygästen aufgrund physiognomischer oder wesensmäßiger Ähnlichkeiten bestimmten Tieren zugeordnet werden. Ich zum Beispiel werde in der Regel von allen eindeutig als Ratte identifiziert (physiognomisch). Dagegen habe ich nichts einzuwenden, bin ich doch ein Freund dieses kleinen, alerten Globalisierungsgewinners. Würde man mich allerdings nach dem vergangenen Wochenende nach meinem animalischen Analogon befragen, würde ich antworten: „Nicht-Eule." In gewissem Sinne trifft das auch auf die Ratte zu, die von der Eule ja durchaus qua Verspeisen negiert wird; mich hingegen finde ich durch den bekannt wendigen Kopf der Eule aufs Bitterste parodiert, da ich derzeit an einer unhübschen Genickstarre laboriere und mich seit Freitag intensiv mit der Frage „Gibt es eine schmerzfreie Liegeposition?" beschäftigt habe. Die Antwort lautet eindeutig: „Nein!" Zwar besitzt mein schlafender Körper die erstaunliche Fähigkeit, wie ein Scheit Holz stundenlang in derselben Position zu verharren, aber auch das bewirkt schmerzhafte Verspannungen, die die ohnedies stark verminderte Mobilität noch weiter einschränken. Und das mir, einem Menschen, der dem Drang, unkontrolliert um den Hamsterkäfig herumzu„tanzen“ oder der Tochter die winzigen Schnapsgläschen vom Tablett zu fegen (Her Royal Hamstress ist leider schwere Gintrinkerin), nur allzu gerne nachgibt. Wie schon die diversen Weltkriege hat mein Chef auch meine pathologische Versteifung im Zervikalbereich schon vor Jahren vorhergesehen und warnend auf mich eingeredet. Freundlicherweise hat er sich die Anmerkung, dass er es immer schon kommen sehen habe, verkniffen und mir stattdessen einen Nottermin beim Nackendoktor gecheckt. Von ihm werden Wunderdinge erzählt. Er heißt Dr. Malus. Ich bin der Letzte, der zu Namenswitzen aufgelegt wäre.

Bizarr & wohltuend: Oktopus im Nacken

Der Verdacht lag ja schon längst nahe, aber jetzt muss es als wissenschaftlich abgesichert gelten: Man fährt am besten, wenn man sein Leben als Marionette verbringt. Zur Erlangung einer korrekten und möglichst schmerzfreien Körperhaltung, so erklärte mir mein Heilgymnastiker, ist es hilfreich, wenn man sich vorstellt, an einem Faden zu hängen. Ein akutes Cervicalsyndrom (CVS) ist überhaupt prächtig dazu angetan, einen mit jenen existenzialphilosophischen Happen zu versorgen, die milde Alltagsentgleisungen (Sieg des falschen Fußballvereins, Triumph der falschen Musik, Erfolg der falschen Partei, Erwerb der falschen Apfelsorte) leichter erträglich machen. Schlafen und dann auch wieder aufstehen können ist ja auch schon mal was sehr Feines! Ein prächtiges System medizinischer Versorgung, dessen Erhalt vom Erfolg der richtigen Parteien abhängt, sorgt zudem dafür, dass sich gut ausgebildete Menschen mit wunderbaren Fähigkeiten um meinen Stütz- und Bewegungsapparat kümmern. Hochgewachsene Frauen in schwarzen Schlauchkleidern erfreuen mein Auge (auch wenn es schmerzt, den Blick nach oben zu richten), andere unfassbar freundliche Frauen holen mir ungezuckerten Gratiskaffee. Man pappt mir einen elektrischen Oktopus an den Nacken, was mich in der Folge zum Tragen hochkragiger Kleidungsstücke nötigt, da die Spuren dieser Behandlung so aussehen, als würde ich mich für Innovationen auf dem Hundehalsbandsektor interessieren und mich gerne in Hobbykellern mit verspiegelten Decken aufhalten. Hernach kommen dann Menschen mit beachtlicher Armmuskulatur und kneten an meinen Muskeln herum, die zwar nicht vorhanden, dafür aber bretthart und voller Astlöcher sind. Schuld daran ist die Überidentifikation mit meiner Schreibtischplatte. Mein Masseur rät zum Berufswechsel oder einer dreimonatigen Auszeit, ein Vorschlag, den ich umgehend an meinen Chef weiterleite. Dieser versetzt sich spontan in meine Lage und bekommt sofort einen betonharten Nacken. Ich verschreibe ihm einen Berufswechsel und borge ihm meinen Comfort-Cool-Pack mit blauem Nackenkühlgel. 

Zero Tolerance for Stammkundenverarsche

Ich weiß, dass es Kulturen voller Langmut, Weisheit und zotteliger Rinderrassen gibt, die den Shopping-Samstag gering achten und vertane Zeit nicht kennen. Warten zum Beispiel finden die super, weil es für sie gar nicht warten bedeutet, sondern von Gott geschenkte Zeit oder so. Ich gehöre dieser Kultur aber leider nun mal definitiv nicht an und habe mich auch dazu entschlossen, entsprechenden Culture-Switch-Awareness-Classes, wie sie in jeder besseren Volkshochschule angeboten werden, fernzubleiben. Und Warten finde ich total scheiße. Was ich in letzter Zeit so zusammenwarten musste! Es begann in dem supergut organisierten Rückenbegradigungsinstitut, in dem ich es leider verabsäumte, meine Präsenz bei der zentralen Koordinationsstelle anzuzeigen, weswegen ich dann eine Dreiviertelstunde sinnlos herumsaß und darauf wartete, endlich aufgerufen zu werden, um vom Doktor persönlich zusammengeklappt und wieder aufgefaltet zu werden, was die Wirbelsäule lustig krachen und die Wirbel an ihre angestammten Plätze hüpfen macht. Wertvolle Friseurtermine wurden mittlerweile versäumt. Das war aber alles nichts gegen das Herumstehen an der Haltestelle Arbeitergasse am Freitag, dem 25.10., zwischen 9.50 und 10.15 Uhr. Ich bin treuer Jahresnetzkartenabonnent, habe der gottverdammten Stadtregierung die absolute Mehrheit verschafft und ergo absolut null Verständnis dafür, an einer der wichtigsten Straßenbahnhaltestellen Wiens 25 Minuten (!) lang warten zu müssen, ohne dass innert der ersten zehn Minuten irgendein livrierter Clown der Verkehrsbetriebe antanzte, um mich sanft beim Musikhören zu unterbrechen und mit aufwendigen Erklärungen, Entschuldigungen und Entschädigungsfahrten in einer jener von Champagnerströmen und spärlich bekleideten jungen Damen durchtosten Stretch-Limos zu versorgen, in denen die sauberen Herren Spitzenbeamten der Verkehrsbetriebe ihre orgiastischen Spritzfahrten nach Bratislava zu absolvieren pflegen. So nicht! Nicht mit mir!! Zero Tolerance for Stammkundenverarsche!!! Das nächste Mal können sich die selber wählen!!!! 

Unbedankte Mühen, unerwartete Freuden

Stürme toben – in unseren Herzen und um unsere Häuser – und sorgen dafür, dass die Glastüren kaputtgehen. Man soll dann – wie ich vor Jahren an dieser Stelle schrieb („Gib den Dingen eine Chance, Mutter!“) – ein bisschen zuwarten, ob sich nicht auch so was tut. Nun habe ich am vergangenen Freitag das gesammelte Bruchgut aber doch eigenhändig und unter Absingen der Bach-Kantate „Ich will den Kreuzstab tragen“ zum Glaserer geschleppt. In Kulturen, in denen der permanente Konsum von gewalttätigen TV-Serien und olivenölbeträufeltem Mozzarella die Herzensbildung noch nicht völlig ausgerottet hat, werden Männer, die dergleichen auf sich nehmen, von Weib und Kind mit falschen, aber herzlichen Gesängen empfangen, mit Blumen bekränzt und einem gut gekühlten Fässchen schäumenden Getränks begrüßt. Hierauf erlegen Weib und Kind ein Tier der Wahl des Türenträgers und steckens ihm auf einen sich drehenden Spieß, unter dem ein lustiges Feuer züngelt. In meinem Falle blieben sogar die falschen, aber herzlichen Gesänge aus. Wo Undank ist, wächst das Schmerzhafte auch. Andere haben einen Tennisarm, ich habe eine Türschulter. Unlängst hatte ich einen Tanzhals. Allerdings konnte ich, bevor ich mir den Hals vertanzte, noch Zeuge einer Szene werden, in der Unschönes durch Schönheit geschlagen ward. Ein unangenehm biegsamer Tanzandroide tanzte eine junge Frau mit auffallend schöner Nase an, indem er sich bog, wand und auf gotteslästerliche Weise seinen Leib verrenkte. Während er so vor sich hinlimbote, bis Tänzer und Angetanzte einen rechten Winkel bildeten, erstarrte die schönnasige junge Frau in einer Rigidität, wie sie Giacometti in seiner berühmten Bronze „Die peinlich Berührte“ nicht stärker zum Ausdruck gebracht hat. Die Gelegenheit, den Tanzandroiden in die Kronjuwelen zu treten, wurde durch diese Schockstarre zwar vergeben, aber es war schon sehr schön, mitanzusehen, wie die Anstrengungen des zappeligen Kampfknackarsches just den konträren Effekt des erhofften Dahinschmelzens hatten. Da nimmt man einen Tanzhals dann doch ganz gerne in Kauf. 

Zappelphilipp und Tanzmonade

Mir ist nicht klar, ob respektive was das über den Betrieb, an den mich Herzblut, protestantisches Arbeitsethos und stattliche, monatlich überwiesene Geldsummen seit Jahrzehnten binden, aussagt, aber wir hatten letzten Winter die erste Weihnachtsfeier mit Tanz. Unter der sachkundigen Anleitung der DJs Fasthuber und Stöger (ich durfte zehn Minuten lang Zeug für depressive Fortysomethings auflegen) wurden Teile der betriebseigenen Villa in einen Tanzpalast verwandelt. Interessant ist schon einmal, wer wann zu tanzen beginnt, wie viel Alkohol er/sie davor konsumieren muss und wer partout und durch keine der auf Betriebskosten großzügig verteilten Drogen dazu zu bewegen ist, sich zu bewegen. Auch fand ich es sehr bemerkenswert, dass diese Innovation das geschlechtliche Verhalten meiner Kolleginnen und Kollegen in keiner Weise verändern konnte. Nie, nie, nie, nie findet bei unseren Weihnachtsfeiern spontaner Geschlechtsverkehr oder auch nur der Körper- und sonstige Grenzen überbrückende Austausch von Körpersäften statt. Damit will ich durchaus niemanden zu gar nichts aufgefordert haben (hausinterne E-Mails erübrigen sich), ich stelle nur fest. Meine erst wenige Monate währende Tätigkeit als MC haben mich außerdem gelehrt, dass das durchaus nicht unüblich ist. Auf meinen gemeinsam mit DJ Rubinowitz unternommenen Reisen durch Österreich muss ich mir als

Eintänzer schon einen Haxen ausreißen, um die Menschen überhaupt zum Tanzen zu bewegen. Als Erstes sind meistens pseudolesbische Mädchenkreise dazu bereit, ironisch zu tanzen und unter sich zu bleiben. Später betreten dann einzelne Männer die Tanzfläche, um den Zappelphilipp zu geben. Und dann gibt es noch die Tanzmonaden: supergut aussehende Frauen, die in seliger narzisstischer Versunkenheit nur für sich und ihr Karma tanzen. Wir lernen daraus, dass Tanzen als Anbahnung geschlechtlicher Geneigtheiten weitgehend ausgedient hat. Dergleichen findet heute wohl eher im Rahmen von Fahrprüfungen, Schiffstaufen, Kindergeburtstagen und Beschneidungsfeiern statt. Interessant.

The Good, the Bad and the Ugly

Hitzeleichtsinn ist kein Kavaliersdelikt

Dass die dünne Eisschicht der Zivilisation unter den derzeit herrschenden Temperaturen längst verdampft ist, verwundert nicht. Und doch bin ich immer wieder verstört, wenn mein Bedürfnis, in der Fußgängerzone gemeinsamer, von allen geteilter Werte zu wandeln, wieder einmal als schieres Wunschdenken enttarnt wird, das jeglicher Verankerung in der Wirklichkeit entbehrt. Die Tatsache, dass viele meiner Geschlechtsgenossen die außergewöhnliche Hitzeentwicklung zum Anlass nehmen, sich der letzten Reste von Oberkörperbekleidung zu entledigen, muss als krasses Fehlverhalten angeprangert werden. Vor seinem Hochofen oder in seinem Schrebergarten mag jeder machen, was er will, aber die Zurschaustellung entblößter Oberkörper ist nur in Zonen zulässig, die mit „öffentliches Freibad“, „Swingerclub“ oder „Stadion“ überschrieben sind. Es ist auch völlig wurscht, ob sich das maskuline Selbstbewusstsein in einem durchtrainierten Coca-Cola-light-Werbung-kompatiblen Oberkörper oder darin manifestiert, dass man in der radikalen Ermangelung eines solchen keinen Grund erblickt, sich freundlicherweise zu verhüllen. Das Tragen blickdichter und mit Ärmeln versehener Leibchen muss als eine tragende Säule des in uns versenkten Sittengesetzes gelten. Die andere Säule heißt: Obacht aufs Knie! Überknielange Hosen sind sowieso dufte, knielang ist korrekt. Übers Knie hochrutschende Hosenbeinsäume allerdings müssen als frivol gelten. Ein bisschen Frivolität braucht natürlich jede Gesellschaft, da können die Männer schon einmal so weit gehen, dass man ihr Knie erahnt, wenn sie sitzen. Soll sein. Alles Kürzere aber ist ein Schlag ins Gesicht wahrer Herzensbildung. Frauen brauchen freilich nicht zu glauben, dass sie sich jetzt zurücklehnen können – womöglich gar in Shorts. Vielmehr sollten sie einen noch viel weiteren Bogen um dieses Kleidungsstück machen als Männer. Es ist für Frauen fast schicklicher, untenherum nackend herumzulaufen, als kurze Hosen zu tragen. Ja, je mehr ich darüber nachdenke, umso sicherer bin ich mir, dass es sich just so verhält.

Sojasaucenloser Sonntag mit Suzanne

„Jetzt geht das wieder los: Frauen im Sommergewand“, schreibt König Kralicek in mein Handydisplay. Der Mann hat Recht. Es ist Sonntag, der 1. April, es ist warm, und vielerlei hebt an: Erdbeere und Spargel fläzen in den Kisten der Marktstandler, zartblättriger Bärlauch wiegt sich im Wind des Wienerwaldes, und auf dem Rohrhaus verzweifelt das Servierpersonal, nicht minder der Kunde. Der volksnahe und naturtrübe Teil der *Falter*-Redaktion (im Übrigen identisch mit dem FC-Tirol-Flügel) findet sich geschlossen ein, Jamaaladeen Taschwer und ich reihen uns in die Schlange vor der Schank und üben uns in solidarischer Geduld. Ach, es geht jetzt alles wieder von vorne los. Schon am Donnerstag, als ich meine Sparbücher aus ihrer anonymen Existenz befreite und auf europäisches Niveau hob, plauderte der Bankbeamte am Telefon über die Probleme der Ära Holender im Vergleich mit der Ära Maazel („Das war doch kein Stagione-Betrieb!“), am Samstag dann gings ans Schleckerreinstecken in der Linie 18, an dem ich nur als Beobachter teilhatte und in Hinsicht auf beide Beteiligten darob doch herzlich froh war. Frühling hin oder her, man kann nicht jedem Co-Passagier in der Straßenbahn einfach den Schlecker reinstecken. Das meinte auch die ältere Dame („Und das vor dem Kind“), wohingegen das Kind, das zufällig meins war, das Treiben mit gelassenem Amusement beobachtete. Ein Wochenende, das so beginnt, muss mit Würde zu Ende gebracht werden. Der Sonntagabend stand folglich im Zeichen meines Pürierstabs. Ich pürierte die Möhre, ich pürierte die Beere, ich formte den Bärlauch zum handlichen Ball – ins Tiefkühlfach mit ihm. Die Austernpilze jedoch warf ich ins sprotzende Öl. Scharf briet ich die braunen Hüte, hackt' Knoblauch hinein, servierte Basmati dazu (Sojasauce war aus). Als Schimanski aus dem Büro geworfen wurde, landete er mit der Fresse direkt zwischen den Beinen der neuen Oberstaatsanwältin. Es war bloß eine Wiederholung, aber ein guter Sonntag hat einen Film mit Suzanne von Borsody im Abendprogramm. Oder mit Ulrike Folkerts.

Kein Hotdog, kein Geschlechtsverkehr!

Vor einiger Zeit bin ich einmal mit einem Typen Straßenbahn gefahren, der sich rasiert hat – live! Er tat dies mit einem Elektrorasierer, was ohnedies das Letzte ist. Wenn schon Rasur in der Straßenbahn, dann nur nass! Mit Pinsel, Seifenschale, Rasierspiegel & After-Shave-Zerstäuber – das hätte schon wieder was! Das hätte Grandezza! Aber im Großen und Ganzen bin ich der Auffassung, dass Grandezza in der Straßenbahn nichts verloren hat, schon gar nicht, wenn sie sich in Teilgebieten der Körperpflege manifestiert (auch das Fingernägelabknipsen muss als unzulässig gelten!). Hobbybenimmtanten wie ich halten das eigentlich für selbstverständlich, müssen dann aber eben mit Bedauern feststellen, dass es hier mit dem Selbstverständlichen so ist wie überall auf der Welt – nicht besonders weit her. Aus diesen Gründen müssen wir jetzt leider eine Straßenbahnbeförderungsethikkommission einsetzen. Die soll zum Beispiel festlegen, dass Geschlechtsverkehr oder fortgeschrittene Geschlechtsverkehrsanbahnungstechniken wie Ausgreifen oder Ausziehen von hautnahen Kleidungsstücken der Straßenbahnbeförderungsethik Hohn sprechen. Noch wichtiger ist Folgendes: Obacht mit dem Essen im öffentlichen Raum! Unlängst saß im Filmmuseum einer vor mir, der hatte sich schnell noch einen Hotdog vom Würstelstand geholt. Also, das geht nun wirklich nicht. Da sieht man sich Ausschnitte der Klassiker des Neorealismo an, und die Partisanenerschießung wird von Frankfurterschwaden untermalt. No, signore! Und was im Filmmuseum unrecht ist, muss auch in der Straßenbahn als unbillig gelten; die Straßenbahn ist gewissermaßen ein Filmmuseum auf Schienen. Vor dem Betreten des Waggons muss ausgeraucht und -geatmet werden (schnell noch inhalieren und dann den Rauch im Wageninneren ausstoßen – voll daneben!). Warme Nahrung hat vollständig gekaut und geschluckt zu werden. Schnitzellandstyropor, Kebabstanniol, Sushiboxen und dergleichen sind vor dem Einstieg korrekt zu entsorgen. Die Neuburgersemmel ist ein Grenzfall, die warme Leberkässemmel definitiv verboten!

Es muss nicht immer geritten werden

Neulich hat sogar ein Taxifahrer für mich gebremst. Hätte er nicht machen müssen. Hat er aber. Ließ mich auf der Prater-Hauptallee einfach über den Zebrastreifen laufen. Spätestens seit diesem Vorfall weiß ich, dass der natürliche Feind des Praterläufers nicht im Auto, sondern buchstäblich hoch zu Ross sitzt. Reiten ist das mit Abstand übelste soziopathische Verhalten, das in unserer Kultur als Sportart durchgeht (warum hier seit Jahrzehnten eine Gesetzeslücke aufklafft, die zu schließen ich den Justizminister hiermit eindringlich auffordere, ist unerklärlich). Von wegen Sport! Menschen sitzen auf den Rücken von Tieren, die von der Natur weder zum Laufen noch zum Springen, sondern ausschließlich zum Ziehen von Lasten ersonnen wurden, und bewegen sich im Schritttempo durch den Prater. Sie würden von jedem mediokren Power-Walker überholt werden, würden diese Bestien mit ihren – oft den Durchmesser von 50-Liter-Fässern erreichenden – Hufen nicht so viel Staub aufwirbeln und dadurch Erstickungsanfälle argloser Hobbysportler verursachen.

Dass die von Pferden permanent abgeapfelte Scheiße, die in der Wiener Innenstadt von eigens dafür eingesetzten Maschinen der MA 48 großflächig verrieben und damit erst zur vollen olfaktorischen Durchschlagskraft entfaltet wird, allenfalls von Rosenzüchtern und sonstigen Perversen geschätzt wird, sei nur am Rande bemerkt. Pferde, das weiß man, besitzen eine seltsame Faszination auf präpubertäre Mädchen. In Grenzen ist das auch entschuldbar. Ab einem gewissen Alter aber sollten die Erziehungsberechtigten dafür sorgen, dass diese Phase nicht anhält und so zu schwer behebbaren Störungen führt. Runter mit den Pferdepostern, rauf mit dem Ronan-Keating-Starschnitt!! Tausende von hormonüberfluteten, halbminütlich ausspuckenden Schlabberhosenträgern bedürfen der Betreuung, und auch etwaige aufkeimende lesbische Neigungen wollen jetzt entwickelt werden. Es gibt so viele schöne homosexuelle Sportarten wie Synchronschwimmen, Beachvolleyball oder Simultanschach. Es muss nicht immer geritten werden.

Ich gehe zu Spar und kaufe Salz ein

„Es gibt sie noch, die guten Dinge“, lautet der Wahlspruch des Manufactum-Versands, der mir alle halben Jahre seinen Katalog ins Postfach wuchten lässt – voll mit Dingen, die ich immer schon gebraucht habe: seien es die unfehlbaren japanischen Samurai-Astsägen *(bamboo-proof!)*, die berühmten Essexer Eieruhren aus unverwüstlichem Sattelleder oder die handgesägten Lakritzstangen aus dem Piemont, die einzigen, die noch aus echtem Bärenkot hergestellt werden. Der Manufactum-Katalog ist der feuchte Traum von Männern, die aufrecht in handgenähten Büffellederstiefeln sterben wollen (nachdem sie sich mit der Damaszenerklinge ihres Rasiermessers die Kehle durchgeschnitten haben), und von Frauen, die sich von nach englischem Rasierwasser und Büffelleder riechenden Herren die sattelledernen Eieruhren reparieren lassen. Was aber nützt einem die funktionstüchtigste Essexer Eieruhr, wenn man zwar Eier, aber eines nicht hat: Salz! „Ein Mensch ohne Salz ist wie ein Mann ohne Büffellederstiefel“, lautet ein altes Navajo-(sprich: Nau-fach-suu-)Sprichwort. Da steht die Salzbüchse am Tisch des blassen Mannes und der Squaw, die mit ihm den Tisch teilt, aber das Salz „gibt nicht mehr aus“, wie die Mutter meiner Mutter zu sagen pflegt. Das liegt darin, dass nur mehr winzige, taube Salzkörnchen in der Büchse sind, so genannter Salinenschotter, der zwar beim Schütteln täuschend echte Salzkorngeräusche von sich gibt, aber über keinerlei Geschmacksmoleküle mehr verfügt. „Welches Schwein hat die Büchse leer gesalzen?“, frage ich und blicke in Gesichter, die sich in Unschuldspantomime üben. Das geht ein paar Tage so. „Salzlose Tage sind wie Tage, an denen deine Büffellederstiefel beim Schuster sind“, sagt der Sioux (sprich: Srilanka). Und er hat Recht. Nach zwei Wochen gehe ich zum nächstgelegenen Spar und kaufe eine kleine Büchse Ischler Spezial-Salz und eine große Büchse Meersalz. Es ist, als hätte ich ein neues Paar Büffellederstiefel geschenkt bekommen.

Schlechte sind noch schlechter als keine

Es gibt eine ganze Reihe von Möglichkeiten, in Restaurants in unangenehme Situationen zu geraten. Die wichtigsten davon sind: a) ein Attentat der Mafia, bei dem man zu Tode kommt und mit dem Gesicht in die Pasta fällt; b) eine Szene mit einer eifersüchtigen Frau, in deren Griffweite sich Nudelgerichte befinden; c) keine Pfeffermühle. Bislang sind mir die Situationen a und b glücklicherweise erspart geblieben, wohingegen ich von c das ein oder andere Liedchen zu singen weiß. Ich bin, weiß Gott, ein pflegeleichter Kunde, der schon dem ein oder anderen Handelsangestellten ein kleines Leuchten ins Auge gezaubert oder nach Verlassen von Herrenhandtaschengeschäften das Verkaufspersonal zu hysterischem Gelächter inspiriert hat. In Restaurants erinnere ich mich freilich hin und wieder des Bonmots, demzufolge der Kunde König sei, und verlange zwei Dinge: warme Suppen und Pfeffermühlen. Noch schlimmer als keine Pfeffermühlen sind schlechte Pfeffermühlen. Wer fremde Wohnungen betritt, um sich dort sexuell zu betätigen und/oder zu essen, sollte sein/ihr Augenmerk nicht an solch nebbiche Nebensachen wie Tapetenmuster oder Hygienestandards verschwenden, sondern höflich, aber bestimmt zur Pfeffermühlenprüfung schreiten. „Ich hätte gerne eine Bloody Mary mit frisch gemahlenem Pfeffer, danke, sehr lieb, aber ich mahle selber“ ist ein tadelloses, mit allen Wassern avancierter Benimmbücher gewaschenes Sätzchen. In Anwalts- und Fußballtrainerkreisen gilt ein „Nein danke, ich schnupfe schwarz“ als ebenso dezenter wie unmissverständlicher Hinweis darauf, dass man statt dem traditionellerweise angebotenen Koks lieber eine Mühle hätte. Kommt man Ihnen dann mit peinlichen Ausreden oder so einer Art wurmstichigen Nachbildung einer barocken bayrischen Bauernkirche, die allenfalls unregelmäßig stiebenden Pfefferstaub absondert, ist es erlaubt, ja nachgerade geboten, wortlos das Haus zu verlassen. Der Erwerb einer funktionstüchtigen Pfeffermühle ist eine denkbar einfache und wohlfeile Angelegenheit, die jedem zugemutet werden darf. 

Keine Pfeffermühlen-pantomime in Prag!

Die Frau an meiner Seite beherrscht etwas, um das sie jeder, der bei Sinnen und kein Tscheche ist, beneiden muss. Es handelt sich hierbei um einen tschechischen Zungenbrecher, der hauptsächlich aus Konsonantenclustern wie pr, tr, prk, prktcr und sehr vielen ˇ zu bestehen scheint. Das ist an sich schon einmal ziemlich schön, gewinnt aber noch sehr durch den Umstand, dass dieser Satz von großem Nutzen ist. Ins Deutsche übersetzt lautet er: „Bruder Peter, überpfeffere das Schwein nicht." Was man damit nicht alles anfangen könnte! Ich bin nicht entfernt in der Lage, diesen Satz aussprechen zu können, geschweige denn ihn mir zu merken. Aber gewiss könnte man mit ihm nicht nur Bruder Peter am Überpfeffern des Schweines hindern – etwas, was in Tschechien ja gang und gäbe ist –, man könnte sich bei richtigem Gebrauch vermutlich auch in die Herzen und Betten der schönsten Tschechinnen schwatzen. Schön sind in Tschechien aber auch die Flüsse, Wälder und Städte. Man kann sich davon zum Beispiel in Prag überzeugen, dem Edinburgh des Ostens, wie es gerne und nicht ganz zu Unrecht genannt wird (ich habe freilich große Zweifel daran, dass man sich mit tschechischen Zungenbrechern in die Herzen und Betten der schönsten Schottinnen schwatzen, ja sogar daran, dass man Brother Pete am Überpfeffern des Schweines hindern kann). Man soll sich von tschechischen Zungenbrechern aber selbst in Prag nicht vorschnell in Sicherheit wiegen lassen: Ab und an findet man auch unterpfefferte Schweine. Ein König, wer jetzt seine kleine edelstählerne Reisepfeffermühle mit Peugeot-Mahlwerk dabeihat; denn das sicher unaussprechliche Wort „Pfeffermühle" findet sich in den gängigen Reiseführern so oft wie ein Ding, das diesen Namen auch tatsächlich verdient, in einem tschechischen Wirtshaus. Von pantomimischen Darstellungen des Pfeffermahlens ist abzuraten – bald einmal wird dies als Hinweis auf die Herzen und Betten der schönsten Tschechinnen missverstanden. Und da gelangt dann auch die sprichwörtliche Langmut des Böhmen überraschend schnell an ihr Ende.

Vom Gebrauche des rechten Glases

Ein Glas Bier, so kann man es bei unseren Dichtern lesen, ist eine gute Sache; besser als ein Glas Bier, so sagen unsere großen Dichter, sind zwei Glas Bier. Oder zwei Gläser? Das kommt auf das Glas an. Hat man beim ersten Bier ein schlechtes Glas bekommen, muss man beim zweiten Bier ein gutes Glas bestellen. Nun gibt es Bier-Connaisseure (eine Contradictio in adjecto), die genau wissen, welches Bier in welches Glas zu gießen ist, damit es die richtigen Geschmacksknospen umspült. Das ist Unfug. Meine Geschmacksknospen sind Dumpfbacken, aber für den Unterschied zwischen Pils und Märzen reicht es so halbwegs, ob ich nun aus Kommisstiefeln oder, wie es eher meine Art ist, aus Damenstiefeletten trinke. In jedem Falle gilt: Das Auge trinkt mit. Deswegen sind schöne Gläser viel besser als hässliche. Zudem sollten Bier und Glas zueinander passen. Also gilt: schlanke Biere in schlanke Gläser, breite Biere in breite Gläser. Das schlankste Bier hierzulande ist das Trumer Pils. Dankenswerterweise hat die hochlöbliche Salzburger Bierfabrik Sorge dafür getragen, dass ihr Bier auch in schlanken Gläsern angeboten wird: ein sektoider Kelch im Seidl-, ein serifenloses, extremes Hochformat im Krügel-Format (wobei Krügel in diesem Zusammenhang ein eher unpassendes Wort ist). Das Einzige, was den Genuss aus dem Trumer Halbliterglas etwas trübt, ist der Umstand, dass uns zwei Finger unter der Viertellitermarge ein gelber Schriftzug mit dem Motto „Einfach leben“ zuprostet. Das muss nicht sein. Geschwätzige Biergläser sind eine Pest! Die sollen das Bier und ansonsten den Rand halten. Da lob ich mir einen schlichten Willi-Becher. Es gibt wenig, was die Stimmung dermaßen aufhellt wie naturtrübes Bier in einem schönen Willi-Becher. Als ich unlängst ebendieses erbat, herrschte – aufseiten des Kellners – große Verwirrtheit. Also begleitete ich ihn hinter die Bar und zeigte ihm das gewünschte Glas. Ich aber sage euch: Kellner, die mir das Zwickl unaufgefordert in einem Willi-Becher bringen, werden mit einem fürstlichen Trinkgeld rechnen können.

Von Tieren und Pflanzen

Folgen der freiwilligen Selbstverbärung

Wenn Politiker aus der ersten Reihe in eine der hinteren Bänke versetzt werden, dann lassen sie sich ein garstiges Gestrüpp im Gesicht stehen. Nicht so sehr, weil sie aufgrund seelischer Zerrüttung verwahrlosen, sondern weil sie uns mitteilen wollen, dass wir irgendwie selber schuld seien: „Wenn ihr mich nicht mehr in der ersten Reihe haben wollt, dann brauch ich mich auch nicht mehr zu rasieren. Sieht eh keiner.“ Diese (halb) freiwillige Selbstverbärung von Politikern (der englische Fachterminus dafür lautet übrigens „ursification“) führt auch dazu, dass diese ab sofort nur mehr bärbeißige Privatmeinungen von sich geben. Wie aber ist das entgegengesetzte Phänomen der „deursification“ zu interpretieren? Ich frage mich das, weil ich unlängst einen total entbarteten und voll unbärigen Peter Michael Lingens im Fernsehen gesehen habe. Vermutlich bedeutet es so etwas wie „Ich bin wieder da!“. Andererseits sind Kommentatoren eh immer da und geben ihre Privatmeinung zum Besten. Na, egal. Lingens stand jedenfalls im Studio und sagte voraus, wie das alles werden wird mit dem Krieg der USA gegen den Terrorismus. Ich habe sofort vergessen, was er gesagt hat, und davon leben ja Kommentatoren auch. Ich kann mich nur noch erinnern, wie Lingens in seiner präursifizierten Phase in einem „Club 2“ die Meinung vertrat, dass er und seine Kommentatorenkollegen sich ohnehin ständig vertäten und von der

Geschichte permanent Lügen gestraft würden. Erstaunlicherweise erklärte der Mann damals nicht seinen Rückzug aus dem Kommentatorengeschäft aufgrund erwiesener Inkompetenz, sondern streifte bloß den Bonus des graden Michel ein, der sogar die Größe aufbringt, zuzugeben, dass er ständig Unfug verbreitet. Und das gelingt deswegen so glänzend, weil Typen wie ich sofort vergessen, was der Mann nicht alles so behauptet, wenn der Tag lang ist. In diesem Sinne wäre es wohl am vernünftigsten, die Elaborate, die professionelle Bescheidwisser ständig produzieren, überhaupt zu ignorieren. Ich fange gleich einmal an. Und zwar mit Christian Ortner.

Warum bleibt Wurmdobler gelassen?

Hin und wieder kommt es vor, dass ich mich unter jener Hundertschaft befinde, die „ZiB 3" schaut. Da gibt es viel zu sehen, was einen nachdenklich stimmt, und noch am nächsten Tag schüttle ich oft innerlich den Kopf – einmal gewisser nachdenklich stimmender Nachrichten wegen und noch einmal, weil ich mir nicht mehr ganz sicher bin, ob ich nicht schon zu betrunken gewesen bin, um einen komplexen Sachverhalt richtig zu verstehen. Neulich war zu erfahren, dass es mit der Hendlbratkette Wienerwald rapide bergab gehe. Worauf mein Lieblingsgastrokritiker auftrat und erklärte, dass es eben vorbei sei mit der faden Hendlbraterei und dass die jungen Menschen dem tantenhaften Wienerwald nichts abzugewinnen wüssten. Am nächsten Tag stürmte ich ganz aufgeregt in die Stadtleben-Etage des *Falter*-Medientowers und suchte das Redaktionsbüro von Christopher „Christopher" Wurmdobler auf: „Alles anders, alles zurück!", rief ich. „Der Wienerwald geht ein!" Wurmdobler, der redaktionsintern seiner großen Sanftmut und seiner Kartenkunststücke wegen sehr beliebt ist, fragte: „Der Wald stirbt?" Ich: „Nein, die Kette! Die Hendlbratkette!! Österreichs visionäres und traditionsreichstes Fastfoodunternehmen!!!" Wurmdobler schlüpfte mit seinen besockten Füßen ganz sachte in die Opa-Schlapfen, die ein nach einem Treibstoff benannter Outfit-Konzern der HipHop hörenden und Brathendl verweigernden

Jugend als „cool“ einzureden versucht und blickte mich mit einem Gleichmut an, der – in Schriftsprache übertragen – in etwa besagte: „Ich vermag zwischen dem Ereignis des Wienerwaldeingehens und demjenigen des Nüchtern'schen Ausflippens keinen kausalen Zusammenhang herzustellen.“ Seine Replik fiel lau und indifferent aus. „Wann warst du zum letzten Mal in einem Wienerwald?“, frug er sanftmütig. „Vor zwei Wochen. In einem wunderbaren Gastgarten in der äußeren Mariahilfer Straße.“ Auch der Chefredakteur konnte meinen kulinarischen Alarmismus nicht nachvollziehen und blieb unangemessen gelassen. Seitdem fühle ich mich ziemlich unverstanden und sehr, sehr einsam.

Huhnverhöhnung ist kein Kavaliersdelikt

Gewiss werden sich in der Gemeinschaft gelassener Geister genug mephistophelisch Gesonnene finden, die – so wie die Herren Thurnher & Wurmdobler – finden, dass auch der Wienerwald wert ist, zugrunde zu gehen. Von einer solchen Einstellung geht nicht nur eine Herzenskälte aus, die mich schaudern macht, sie beweist auch ein mehr als fragwürdiges Einverständnis mit jenen Coolness-Parametern, die von einer Red Bull trinkenden und piercingfreudigen Jugend über diese Welt verhängt wurden. Von denen lasse ich mir übers Essen sowieso nichts erzählen; den Thurnhers & Wurmdoblers dieser Welt, die ohnedies kaum anderes zu tun haben, als sich Trüffeln übers Rührei zu hobeln, möchte ich sagen, dass ich beim Wienerwald schon besser gegessen habe als in so mancher angesagten Hütte, in der sich Kunststudenten und Kunsthallendirektoren Tofu-Unfug andrehen lassen. Mein Stiefopa hat mich in Salzburg immer zum Wienerwald ausgeführt, und die größte Sensation war, dass es auf jedem Tisch einen Ständer mit Naschereien wie Mannerschnitten und Salznüssen gab. Der Wienerwald ist also das historische Epizentrum des kidsfreundlichen Service und war das bereits zu Zeiten, als der Servicegedanke noch weitgehend von ostblockartigen Mentalitäten blockiert war. Auch hat man sich im Wienerwald stets unermüdlich um Innovation bemüht und zeitlose Klassiker Brust an Brust mit Hühnernuggets in die

Schlacht um die kulinarische Aufmerksamkeit des geschätzten Kunden geschickt. All das soll jetzt freilich nichts gewesen sein, weil man ja lieber Trendfleischsorten von außer Landes getöteten Tieren (Meeresfische!) verputzt und sich in Restaurants tummelt, in denen ein halbes Dutzend (oder mehr!) verschiedener Weinsorten angeboten werden. Menschen, die noch nicht einmal einen anständigen Beruf gelernt und kein einziges Album der Kinks in ihrer Plattensammlung stehen haben, fühlen sich berechtigt, das gemeine Grill- und Brathuhn zu verhöhnen und einen Traditionsbetrieb mit verächtlichen Bonmots zu schmähen. Und wieder ist die Welt ein bisschen schlechter geworden.

Privileg Ameisenbären-patenonkelschaft

Um nicht als marschiermuffiger Feierlichkeitsverweigerer dazustehen, zog ich am 1. Mai meine Brüttings mit den roten Schnürsenkeln an. Auf der Straße lief mir denn gleich ein junger Mann mit knallrotem Stecktuch im viel zu warmen Anzug über den Weg. Sollte ich nun gerührt sein, weil es so was noch gibt oder mich über die Aufrechterhaltung anachronistischer Rituale erregen? Ich entschied mich wie stets fürs Erste. Man soll den Trost, der darin liegt, das zu tun, was auch alle anderen tun, nicht gering schätzen. Also begab ich mich mit meiner Tochter in Richtung Abu, dem süßen kleinen Elefanten, der genau unter den Bauch seiner Mutter passt. Und wenn schon Zoo, dann gleich richtig: Also löste ich im Mandrill-Haus eine Jahreskarte. Wobei ich mich spontan für den Namen Alfred R. Konitz entschied, denn der 1. Mai dünkte mich just der rechte Tag, um dem Vorsitzenden der Sozialdemokratischen Partei Österreichs und dem größten lebenden Altsaxophonisten meinen Respekt zu erweisen. Ich will das gewiss nicht überbewerten, aber ich denke doch, dass unsere Welt um ein Haar auf dem Rüssel eines neugeborenen Elefanten besser wäre, wenn alle Menschen am 1. Mai Jahreskarten für den Zoo lösen und sich nach sozialdemokratischen Parteiführern und Westcoast-Jazzern benennen würden. Der saubere Herr „Minister Bartenstein“ hat stattdessen die Patenschaft für einen Ameisenbären übernommen.

Ob man die Messingtafel auswechselt, wenn der Ameisenbärenpatenonkel eines Tages nicht mehr Minister sein wird? Oder wird Bartenstein den Ameisenbären dann fallen lassen wie eine heiße Kartoffel, weil er die Ameisenbärenpatenschaftsgebühren nicht mehr als Spesen verrechnen kann? Und was machen wir, das Jahreskarten lösende Volk, die wahren Freunde des Zoos? Wir können uns eine Ameisenbärenpatenschaft nicht leisten! Und die Greifschwanzferkelratte (die im völlig falschen Käfig war!!!) wurde mir schon von der Erkona Immobilienverwertung weggepatet. Könnte ich dann wenigstens eine „Das Frühstück einer Blattschneiderameise wird von Alfred R. Konitz gesponsert"-Tafel kriegen? 

Frühstücks-Alsmann gibt ein Interview

Dies ist eine beinharte Protestkolumne. Schon der Umstand, dass sie am 24.12. um 8.05 Uhr begonnen wurde, verrät die Dringlichkeit der Sache, die keinen Aufschub duldet. Am Vortag war ich noch einmal in mein „Büro“ gegangen. Alle anderen Kollegen: längst in den Weihnachtsferien; deren Schreibtische: unberührt wie der frisch gefallene Schnee auf den Brüsten einer rückenschwimmenden Inuit am Neujahrsmorgen. Ich: bis zur letzten Minute im Einsatz; mein Schreibtisch: zugemüllt. Warum? Ungerechtigkeit auf Erden! Unter Tonnen von Verlagsprospekten, Veranstaltungshinweisen und unverlangt eingesandten Büchern fand sich auch ein Schreiben meiner Freundin Martha E. (richtiger Name ist mir bekannt), dem sie die Zeitschrift *Tipi* beigelegt hatte. Darin findet sich ein Interview, das der tollentragende Unterhaltungsmusiker Götz Alsmann einer gewissen Enie van de Meiklokjes gibt. Das macht er ganz gerne: bisschen Morgenmasturbation und -toilette, Sakko anziehen, Frühstück mit Ei, Orangensaft, Zeitung und allen Schikanen – und ab und zu Enie-van-de-Meiklokjes-Interview geben. Da sagt Frühstücks-Alsmann dann auf die Frage nach seinem Sternzeichen Sachen wie: „Ich habe festgestellt, dass es doch der Schabrackentapir war.“ Und Enie van de Meiklokjes fragt blöd: „Was ist das für ein Tier?“, damit Frühstücks-Alsmann antworten kann: „Das ist die asiatische Form des Tapirs, der berühmte Tapirus indicus“, und auch noch davon erzählt, wie er „durch ständige Erwähnung dieses Tier zum Wappentier der Sendung ‚Zimmer frei‘ gemacht“ habe und dass der WDR ein Jahr die Verköstigung des Tapirs übernehme und er nun „Patenonkel eines Schabrackentapirpärchens im Dortmunder Zoo“ sei. Die so genannte „Sendung“ „Zimmer frei“ gibts gerade mal seit 1996. Ich schreibe diese Kolumne seit zehn Jahren, und seit Nummer 21/1993 lümmelt der Schabrackentapir unter ihr. Und was ist der Dank? Man bläst Frühstücks-Alsmann Schabrackentapirpatenschaften in den Arsch. Das sind gewiss dieselben Leute, die dafür sorgen, dass auf seinem Schreibtisch keine unnötige Post landet.

Auch fremde Pflanzen gehören übersetzt!

Angesichts des prächtigen Wetters und eines alles andere als prächtigen Kontostandes, der die Übernahme von Tierpatenschaften* derzeit als unratsam erscheinen lässt, begab ich mich unlängst auf die Suche nach einer Freiluftsitzgelegenheit ohne Konsumzwang und landete im Botanischen Garten, wo mich Profi-Allergiker ein Schild provozierte, das von der Berührung der entsprechenden Pflanze heftig abriet, andernfalls mit heftigen allergischen Reaktionen zu rechnen sei. Für kurze Zeit verspürte ich gefährlich intensiv das perverse Verlangen, die Herausforderung anzunehmen, mir die Kleider vom Leib zu reißen und mich in den Stauden von Heracleum persicum zu wälzen. Ich ließ es dann aber beim Kleider-vom-Leib-Reißen bewenden und ärgerte mich über die Translationsträgheit deutschsprachiger Botaniker, denen die Seltenheit einer persischen Killerpflanze in unseren Breiten Anlass genug ist, sie in ihrem traurig-nüchternen Latein einfach da stehen zu lassen. Und das, obwohl hierzulande schon die unscheinbarsten Gewächse so laszive Namen wie Dorn-Hauhechel oder Furchenschwingel tragen. Ob ich von denen was adoptieren könnte? Der Gedanke schien mir lächerlich. Zu Unrecht! Denn siehe da, hatte doch tatsächlich jemand die Patenschaft für den zu den Zaubernussgewächsen gehörenden Amerikanischen Amberbaum übernommen. Jaaa, wenn was aus den

USA kommt, da wird gleich übersetzt. Tags darauf las ich in der Zeitung, dass fragwürdige Globalisierungsgewinner wie die amerikanische Goldrute und der asiatische Riesenbärenklau alles Heimische zunichte machten und eine grausam-monokulturelle Herrschaft angetreten hätten. Da weiß man wenigstens, woran man ist. Verschwindet in Asien ein Riesenbär – na, wer wirds wohl gewesen sein?! Kriegt aber im Botanischen Garten jemand einen lebensbedrohlichen Nesselausschlag, wars bloß Heracleum persicum. Als ob „Flammendes Schwert des Fundamentalismus" oder „Faust Allahs" keine Möglichkeiten wären?! Sehr geehrte Damen und Herren von der deutschsprachigen Pflanzenübersetzungsgesellschaft: Dies ist ein offizieller Antrag!

* Siehe S. 59f.

Indistinct Notion of Cool

So wurde ich Teil einer Kultwortbewegung

Gestern Kirchberg, heute Klagenfurt, morgen vielleicht gar Krefeld? Ohne Neid und Missgunst aus ihrem Schlummer wecken zu wollen: Das könnte durchaus sein. Man kommt herum, und Tex und ich waren eben eingeladen worden, um im Foyer des Künstlerhauses Klagenfurt knuspi Stimmung zu verbreiten. Dazu muss man wissen, dass „knuspi“ so viel wie „extrem gut“ bedeutet und sich gerade anschickt, die Kultwort-Charts hochzustürmen. Demnächst wird knuspi noch cooler sein als die Schreibweise „kewl“ für „cool“. Das Gegenteil von knuspi, aber ebenfalls sehr angesagt ist „endkrass“, wofür ich mich aber nicht so erwärmen kann, weswegen ich „unknuspi“ vorziehe. Ausgesprochen werden muss das Wort jedenfalls so, als wollte man ein bisschen daran knuspern. Und weil ich mich dazu entschlossen habe, *for once in my lifetime* an der Spitze einer Kultwortbewegung mitzumarschieren, kein tändelnder, zögerlicher Nachnutzer zu sein, sondern das Eisen zu schmieden, solange es heiß ist, dabei zu sein, wenn Sprache gemacht wird – und Sprache, das kann ich Ihnen flüstern, wird gemacht, wenn nicht von uns, dann von den anderen –, deswegen also habe ich mich dazu entschlossen, zur Verbreitung des Wortes „knuspi“ beizutragen, was ein Mann meiner Statur, meines Formats eben dazu beitragen kann, sowahrmirgotthelfe. Das ist wenig genug, vor allem, wenn man es neben die Möglichkeiten eines Wiederholungsfanatikers und Kommunikationsterroristen wie Tex Rubinowitz stellt, der keine Chance auslässt, die Saat der Knuspi-Propaganda in das Herz junger, formbarer Menschen zu streuen. Ein solcher begegnete uns auf der Rückfahrt aus Klagenfurt, und Tex nutzte die eineinhalb Stunden nach Zeltweg, um einen 14-jährigen Strom- und Elektronikschüler zu einem Knuspi-User der ersten Stunde zu machen. Dass der junge Mann die Heimwerker-Soap „Hör mal, wer da hämmert“ total knuspi fand, konnte Tex dann allerdings nur mehr als extrem endkrass einstufen.

Mein stumpfblauer Frühjahrsmantel

Gerne habe ichs, wenn man was Schönes zu mir sagt. Das muss jetzt nicht unbedingt in Richtung „Mach mir ein Kind, Fremder“ gehen, ich bin schon ganz dankbar, wenn sich die Leute bedanken, denen ich die Schwingtür einer Otto-Wagner-U-Bahn-Station aufhalte – sagen wir, Margaretengürtel oder auch Stadtpark, eventuell auch Unter St. Veit oder sogar Braunschweiggasse. Aber schon scheinbar schlichte Sätze können meinem Alltag ein kleines Glanzlicht aufsetzen, ja diesem zu einem irisierenden Funkeln verhelfen, das an Spiegelsäle voll der kristallenen Lüster und der raschelnden Röcke bowlebesoffener Damen denken lässt – wenn man will. So machte mich etwa erst unlängst die Verkäuferin eines Geschäftes, in dem ich einen stumpfblauen Frühjahrsmantel zu erstehen suchte, darauf aufmerksam, dass das begutachtete, aus hundert Prozent Baumwolle bestehende Stück Popeline-Qualität aufwiese. Alle Wetter, dachte ich, wie lange hatte ich den Verweis auf Popeline-Qualität, ja die Erwähnung von Popeline überhaupt missen müssen. Es wird wohl bei einem der mutterbegleiteten Kleidererwerbsgänge in den Siebzigerjahren gewesen sein, als ich das letzte Mal an Popeline-Gesprächen teilhaben durfte. Oder sollte es gar in den Sechzigern gewesen sein, als Frauen mit Nadelkissen am Handgelenk meiner Mutter mittels einer sehr unterhaltsamen Blasebalgvorrichtung Rocklängenmarkierungen aufs Stöffchen stäubten? Dabei habe ich noch nie wirklich gewusst, was Popeline genau ist; nämlich ein „feinrippiger, leinwandbindiger Oberhemden-, Kleider- und Mantelstoff“ (dtv Lexikon, Band 14: Pas-Qua). Das klingt jedenfalls erfreulicher als Dralon, Perlon oder Trevira, nach denen in der Modebranche bestimmte Zeitalter benannt werden: Dralon und Perlon – so wie Devon und Perm. Ich habe den Mantel in Popeline-Qualität natürlich umgehend erworben, und abgesehen einmal davon, dass der Frühjahrskleidungserwerb verlässlich zu Verkühlungen, ja regelrechten Erkältungen führt, hat mir mein stumpfblauer Frühjahrsmantel bislang recht viel Freude bereitet.

Dasitzen im Caffè-latte-Kurzarmshirt

Der von mir meistbewunderte Mensch ist Christian Mayer. Auch wenn es bei ihm torlaufmäßig derzeit nicht so toll läuft (die Devise „wenns laafd, dann laafds“ gilt auch in ihrer Negation), so macht er seine Sache als TV-Werbestar doch ganz hervorragend. Alleine wie er dasitzt in seinem Caffè-latte-farbenen tight-fitting Kurzarmshirt. Als wärs das Selbstverständlichste von der Welt. Sitzt einfach da. In seinem Hemd. Es ist ja wissenschaftlich erwiesen, dass Caffè-latte-farbene Hemden den Blick des Betrachters sofort auf das Gesicht des Trägers lenken: zum einen, weil die Farbe so scheußlich ist, dass man ihrem Anblick ohnehin nicht lange standhält; zum anderen, weil natürlich sofort überprüft werden muss, ob Antlitz und Hautfarbe des Trägers die schiere Kühnheit, ein solches Hemd zu tragen, in dem jeder durchschnittliche Epidermis-Verwalter aussieht wie das sprichwörtliche „gspiebene Äpflkoch“, auch rechtfertigt. Und siehe da: Ein so gut aussehender Torläufer wie Christian Mayer hat da nix zu fürchten. Typen wie ich, die höchstens für den „Vorher“-Teil eines Psoriasis-Spots engagiert werden könnten und für einen Caffè-latte-Shirt-Auftritt monatelanges Teint-Training und ein vierköpfiges Visagistenteam benötigten, können da nur vor Neid erblassen; was wiederum ganz schlecht ist – caffèlatteshirtmäßig. Andererseits würde man es mir – im Unterschied zu Christian Mayer – tatsächlich abnehmen, dass ich auf den Konsum von koffeinfreiem Kaffee angewiesen bin. Wäre Christian Mayer nicht so ein hervorragender Schauspieler – obwohl er natürlich weiß, dass auf der Rückseite der Untertasse Kaffee Haag steht, ist er glaubwürdig überrascht –, man würde sich fragen, warum sich ein kerngesunder Kärntner Kraftlackl in der Früh nicht einfach drei Espressi reinpfeift. Ist doch eh wurscht! Außerdem habe ich das Konzept von Schonkaffee noch nie verstanden. Es kommt mir vor, als wollte mir jemand ein Placebo-Pülverchen andrehen, das null Wirkung hat, aber genauso schmeckt wie Koks (ein bisschen teurer ist es halt). Seltsam.

Novembersong (mit Bonustrack)

„Tranig trieft die trübe Traufe und nässt neblichte Niederung“, schrieb Richard Wagner in seiner ersten und letzten Wetterkolumne für den *Magdeburger Tagesanzeiger,* wurde vom Chefredakteur persönlich hinausgeworfen, worauf sich Wagner seinerseits auf die Musik warf und ein berühmter Opernkomponist wurde. Diese Anekdote ist an sich völlig entbehrlich und hat nur den Zweck, etwas mieselsüchtige Novemberstimmung herbeizuzitieren und den Chor der notorischen Nörgler auftreten zu lassen, auf dass er sich über die mieselsüchtige Novemberstimmung beklage, die einem ja schier die Lebenslaune verblase, so als würde die feuchte Trübnis nicht just durch das ständige Gejammer des Chors notorischer Nörgler befördert, ja möglicherweise sogar ausgelöst. Deswegen soll man jeden einzelnen dieser nodigen Nervtöter nackend ausziehen, mit Schmalz einschmieren und in Gegenden jagen, in denen weder Strauch noch Baum noch Strommast steht. Denn wahrlich, ich sage euch, unschön steht der Nörgler ab vom Erdenrund, und der Blitz mag ihn fällen, denn nimmer vermag er zu schätzen, was die Jahreszeit ihm schenkt. So wollen wir nicht sein! Nein, gewiss nicht, denn wenn es feucht und kühl und dunkel ist, da lassen wirs uns gut gehen und tun tote Gänse in uns rein und Blaukraut, und aus den hell erleuchteten Stuben schallt das Knallen gut gefüllter Bockbierbecher, mit denen wir einander zuprosten, auf dass ein Frieden sei und eine Freude unter den Menschen unseres Wohlgefallens. Und noch etwas: Auch wenn oder gerade weil der Hipness-Beauftragte des *Falter,* der saubere Herr Wurmdobler, den schlichten, als Café-Bar ausgewiesenen Kubus vor der U-Bahn-Station Pilgramgasse aus irgendeiner schrulligen Laune heraus herunternörgeln möchte, wird dieses grundsympathische Lokal von Tex Rubinowitz und mir hiermit offiziell zum coolen Hangout erklärt. Es eignet sich ganz prächtig dafür, an einem nasskalten Samstagnachmittag den über den Wienfluss brausenden Verkehr zu kontemplieren und zu früh mit dem Biertrinken zu beginnen. Es herrscht übrigens strengstes Slacker-Verbot!

Chili con Carne geht jetzt wieder!

Früher, ja früher hat man einfach einen Pott Chili con Carne gekocht, den Kühlschrank mit Bier voll geräumt und dann den Petzi, den Lucki und den Joe, die Gabi, die Fifi und den Gugu eingeladen. Jetzt tragen die Leute alle geschmackvoll lange Vornamen wie Sahra Johanna oder Knut Maria und wollen zu langen geschmackvollen Geburtagsdiners geladen werden, bei denen das Thunfischcarpaccio mit irgendeinem Schäumchen aus Wurzelgemüse plauscht, das Gott in die Erde eines anderen Kontinents getan hat. Was ist eigentlich gegen Chili con Carne einzuwenden? Mag sein, dass man sich in den Siebzigern und Achtzigern ein bisschen daran abgegessen hat, aber jetzt gehts doch eigentlich wieder?! Ich fordere eine sofortige Aufhebung des Chili-con-Carne-Moratoriums!! Auch Spaghetti Bolognese sollte wieder als *très chic* gelten, und Bistros mit dem Namen Très Chic oder, noch besser, Très Chique sollten neben solchen aus dem Asphalt wachsen, die Flair, Gute Stube oder Das Lächeln des Islam heißen. In so einem Lokal könnte man prächtig Geburtstag feiern und auch gleich wieder einmal die Fifi und den Gugu einladen. Schwieriger ist schon die Frage, wo Tex, He-Hu und ich unser großes „10 Jahre ohne Käse"-Rave durchziehen werden. Um das zu besprechen, trafen wir uns am vergangenen Samstag in dem coolen Hangout vor der U-Bahn-Station Pilgramgasse. Kurz bevor Tex und He-Hu mit einer jedem Begriff von Höflichkeit Hohn sprechenden Verspätung auftauchten, hatten zwei Raucher innerhalb von zwei Minuten die Bude total zugequalmt. Findige Lokalbetreiber würden das Ding „Smog“ nennen, Smog-Platten auflegen und den Ort zu einer kultigen Location mit Kaurismäki-Appeal machen. Das wird, glücklicherweise, nicht geschehen, weswegen auch die Hacky-Sack spielenden Nichtsnutze ausbleiben, die ihr ganzes Geld für Schallplatten und Wollmützen ausgeben. Die neue Sprachregelung sieht übrigens vor, dass das Café ab sofort als „Groove-Kubus“ zu titulieren ist. Man sagt also nicht mehr: „Wir sehen uns dann im rhiz“, sondern: „Wir treffen uns im Groove-Kubus in der Pilge.“

Es könnte, weiß Gott, schlechter sein

Geglückter Tag (avec Frühstücksflocken)

Wie wir von Peter Handke wissen, ist es wichtig, aber schwierig, den Tag glücken zu lassen. Einfach schon deswegen, weil der Tag selbst ja ein muffiger Geselle ist und anderes zu tun hat, als sich mit dem Ruf „Hey, ich mach dich glücklich" auf Peter Handke zu werfen, während der mit Zähneputzen oder Sockensuche beschäftigt ist (andererseits ist es sehr schön, sich auszumalen, der geglückte Tag würfe sich auf Peter Handke, während dieser Zähne putzt, und riefe ihm ein „Hey, ich mach dich glücklich" ins Ohr). Wunderte ich mich früher über die erstaunliche Fähigkeit von Kindern, spätestens beim Frühstücksflockenlöffeln guter Laune zu sein, so wundere ich mich mittlerweile, dass Kinder locker imstande sind, die Übellaunigkeit Erwachsener noch zu toppen. (Wer jetzt eine kleine Protestnote gegen die Verwendung kulturfremder Wörter wie „Frühstücksflocken" und „toppen" einsenden möchte, nur zu: ab ins Kuvert, mit öS 7,– frankiert und an *www.salzamt.at* geschickt – wertvolle Preise winken!) Tochter zum Beispiel leistet mittlerweile der 17ten Aufforderung, endlich aufzustehen, dadurch Folge, dass sie sich auf allen vieren Richtung Klo begibt, dort aufsteht und unter wütenden Ausrufen der Sorte „Das Aufstehen soll gacken gehen, ich hau's nieder!" beginnt, die Klotüre mit Fußtritten zu traktieren. Es ist sehr komisch, dieses Ritual mitanzusehen und kann für mich der Beginn eines geglückten Tages sein, sintemal sich Tochter ohnehin spätestens bei den Frühstücksflocken wieder eingekriegt hat und den vereinten elterlichen Appetit locker zu toppen weiß. Und wenn dann der Weg zur Arbeit von Herbstlaub gesäumt und einem herbstblauen Herbsthimmel überwölbt ist und ein Lastwagen mit der Aufschrift „Der etwas andere Arzneiwarengroßhandel“ an mir vorbeifährt, dann lege ich schon mal ein kleines Tänzchen auf den Asphalt und fordere den muffigen Tag dazu auf, es mir gleichzutun. Der macht das dann manchmal auch. 

Wie uns im Himmel der Arsch abfror

Gerade in Zeiten wie diesen ist es wichtig, Chauvinismus und Ressentiments gegen das Fremde erst gar nicht aufkommen zu lassen und Heranwachsende entsprechend zu erziehen. Tischgebet im Kindergarten schön und gut, aber das Fräulein Tochter sollte doch auch ein paar interessante heidnische Rituale kennen lernen. Für erste Tuchfühlung mit anderen Ländern, Völkchen und Sitten hatten Italien- und Englandreisen gesorgt, nun konnte man ruhig dazu übergehen, die Begegnung mit – aus gaudenzdorfozentrischer Sicht – schwerer zugänglichen Kulturen vorzubereiten. Der Zufall wollte es, dass just am vergangenen Wochenende ein uraltes Winteraustreibritual stattfand, das von der brauchtumsbewussten Diaspora der extrem westlichen Peripherie des Landes für diesmal „in den Himmel" in der Nähe des Cobenzls verlegt worden war. Also fanden sich meine Tochter und ich in einem mit Vorarlbergern („Nie Gsiberger sagen", schärfte ich ihr ein) voll gestopften 38A, um die Entzündung des „Funkens" nicht zu versäumen – eines gigantischen Scheiterhaufens, auf dem eine Hexe verbrannt wird (mittlerweile durch eine Puppe ersetzt).

Die für 18 Uhr angekündigte Funkenentfachung verzögerte sich dann um eine Stunde, sodass sich die verweichlichten Wiener verlässlich den Arsch abfroren und verstärkt dem Glühwein und dem Schnaps zusprachen. Um 19 Uhr war es dann so weit: Riesige Flammen schlugen uns entgegen, mit ohrenbetäubendem Knall ereignete sich eine unangekündigte Detonation, und so brauchte Tochter doch eine geraume Zeit, bis sie sich dazu entschlossen hatte, das seltsame Spektakel „wundertoll“ zu finden. Aufgeputscht von der um sich greifenden Massenhysterie und sichtlich unter Einfluss des Vollmondes stehend, nutzte sie die Rückfahrt in einem mit Vorarlbergern voll gestopften Bus dann dazu, sich lautstark und im breitesten Ostmeidlingerisch als Exotik-Touristin zu outen. Ob ihre „I bin a Weana Baazi“-Gesänge als Ausdruck einer gesunden Roots-Consciousness oder als fremdenfeindliche Abgrenzungshysterie empfunden wurden, vermag ich nicht zu sagen.

Hallelujah überm Hochbettvorhang

Musikalische Erziehung ist wichtig, wird aber oft grausam missverstanden: Viele Eltern kaufen ihren Kindern billige Instrumente, auf denen diese spielen müssen, was schon ihre Eltern nicht ausstehen konnten, als sie ihrerseits billige Instrumente geschenkt bekamen und Musikpädagogen stundenweise überlassen wurden. Dabei ist es doch viel wichtiger, zuerst den Geschmack und die Persönlichkeit junger Menschen heranzubilden, damit sie sich gegen die Traktierung mit billigem und schlechtem Liedgut selbstbewusst zur Wehr setzen können. In diesem Sinne habe ich das Ausmalen meines Zimmers, mit dem ich die bevorstehende Geburt eines mittlerweile zur Tochter herangewachsenen Töchterls feierte, akustisch mit Steely Dan unterlegt, was nicht nur das Trocknen der Dispersion, sondern qua intrautrinärer Beschallung auch die ästhetische Erziehung eines wesentlichen Teiles des Menschengeschlechts befördert. Was es gefruchtet hat, ist noch nicht mit Sicherheit zu sagen. Aber der Umstand, dass Tochter derzeit nicht auf geradewegs in die akustische Hölle führenden Pfaden wandelt, spricht eher für dieses pränatale Bildungsprogramm. Wenn das musikalische Weltbild einer Tochter unmittelbar vor dem Schuleintritt auf den Säulen von Blurs „Song 2“ und Leonard Cohens „Hallelujah“ ruht, dann hätte man es als Vater gewiss schlechter treffen können, und solange die Repeattaste nicht für Techno oder Stockhausens „Donnerstag aus Licht“ missbraucht wird, will ich mich vorerst nicht beschweren. Nein, „Hallelujah“ und „Song 2“, das geht schon in Ordnung. Zwischen Inbrunst und Euphorie, da lässt sich schon ein Bogen spannen, dessen Saite zum Gefallen Gottes und der Menschheit schwingen mag. Die Tochter hat derzeit ohnehin Großes vor: „Papa, okay, ich weiß, es ist schwierig, aber ich muss das Universum bauen. Hilfst du mir dabei?“ Das Vertrauen beschämte mich. Aber mithilfe von Gummiringerln gelang es mir schließlich doch, ein Styroporflugzeug und einen Buzz Lightyear am blauen Firmament des Hochbettvorhangs zu befestigen.

Adventmarktgadget-innovation rules okay

Es gibt Menschen, die mit beachtlichen libidinösen Energien ausgestattet und Virtuosen des Anstandnehmens sind. Vom Verhalten anderer Verkehrsteilnehmer, Rolltreppenbenützer, Supermarkteinkäufer, Kirchen- oder Swingerclubbesucher werden sie dermaßen leicht in Rage gebracht, dass man sich in ihrer Gegenwart fürchten muss (Stichwort: Watschen). Mein Bruder Schwendelsohn etwa, der seinen Patienten die Zähne oft aus schierer Weißglut über irgendein Detail in Kleidung oder Konversation aus dem Maul reißt, verfügt über ein derart ausgeprägt amplitudinierendes Profil der Zu- und Abneigungen, dass meines im Vergleich dazu aussieht wie das EKG eines Herztoten. Gerät er über irgendeinen Missstand besonders heftig in Wut, versuche ich die Gesamtmenge emotionaler Energien einigermaßen konstant zu halten, indem ich mit sanftem Phlegma reagiere und erkläre, das Objekt der brüderlichen Ereiferung „irgendwie ganz okay“ zu finden. Das ist der Moment, in dem Schwendelsohn dann mit Barhockern und kleineren Menschen zu schmeißen beginnt. Es muss aber gesagt werden, dass es tatsächlich Phänomene gibt, die, obgleich sie unglaublich nerven, zugleich auch „irgendwie okay“ sind. Es spricht zum Beispiel wenig für Adventmärkte. Es herrscht ein bescheuertes Gedränge, es werden hauptsächlich unnötiges Kunsthandwerk, schlechter Schnaps und anderer Unfug angeboten, und doch …

Punsch zum Beispiel ist ein völlig untrinkbares Getränk, aber gäbe es ihn nicht, müssten wir nicht nur des schönen Wortes „Punschhütte“ entraten, all die netten Lodenmantel-Tanten und Persianer-Omis fänden überhaupt keine Gelegenheit, sich einen anzusaufen. Die lautstarke Gemüsehobeldemonstration ist ja leider ebenso verschwunden wie der so genannte „Baumkraxler“ (ich erklär das jetzt nicht), aber dafür gibt es immer wieder hübsche Innovationen: Der heurige Hit etwa ist ein Herzerl oder Sternchen, das sich mittels eines Magneten an der Kleidung festmachen lässt und dann blau oder rot vor sich hin blinkt. Es lässt sich nicht leugnen, dass die Welt dadurch um ein Winziges besser wird.

Einen Toast auf Fritz Kratochwijle!

Andere sagen ja vielleicht Akazien und Aschenbahn, Fichte und Flüsterasphalt oder Kies und Kiefer. Ich aber sage: Birke und Beton. Birke und Beton sind der Bringer. Was Fred Astaire und Ginger Rogers für das Hollywood-Musical, das sind Birke und Beton für den urbanen Naherholungsbereich. Flirrendes Birkenlaub an U-Bahn-Trassen, das ist es doch! Und wenn dann noch Ahorn und Asphalt hinzukommt – unschlagbar. All das und noch viel mehr findet man zum Beispiel im Wasserpark, einer der coolsten Grünflächen Wiens, 1927/28 errichtet nach den Plänen des damaligen Stadtgartenamtsdirektors Fritz Kratochwijle. Einen Toast auf Fritz Kratochwijle und seine verrückten Gärtner! Das waren halt noch Männer.

Ich aber bin ein Lulu und scheuerte mir die unbesockten Füße binnen kürzester Zeit in meinen Sommerhalbschuhen wund, was mich dazu zwang, zum ersten Mal seit meiner Maturareise, als ich eine Art Hippiephase hatte und barfuß vom Pub ins Hotel zurückging (was hatten wir damals nicht für ausgeflippte Ideen!), wieder bloßhappert durch die Stadt zu laufen. Jetzt, dachte ich, mach ich aber gleich was ganz was Verrücktes, und ging zunächst einmal ein kleines Saftgulasch essen. Drei Biere später lag ich unweit einer sommersprossigen Frau mit Nabelpiercing und dem neben ihrer Matratze verteilten Gesamtwerk von Paul Watzlawick (sie wird sich jetzt nicht an mich erinnern, aber ich war der mit dem Panamahut und dem karierten Kurzarmhemd!) in der Liegewiese und dankte Gott dafür, dass er uns die Pappel, die Weide, die Linde und die lange Hose geschenkt hat. Der Tag war gut, die Dinge wollten am Laufen gehalten werden (wenn Sie wissen, was ich meine). Da schoss es mir siedend heiß durch mein Gehirn, was nun zu tun wäre. Schon der Weg dorthin war überaus lohnend, denn die unterschiedlichen Bodenbeläge und deren je verschiedene Bestreuung, der Temperaturunterschied zwischen dem Parkplatzasphalt und der weißen Markierung verschafften mir die exquisitesten Empfindungen. Dann aber rein, Fahrkarte gekauft, und rauf auf den Donauturm. Hey, Wahnsinn!

Der Donauturm wird leider unterschätzt

Was den Donauturm besonders auszeichnet, ist seine Höhe. Architektonisch ziehen ihm viele Fachleute den Stephansdom, die Postsparkassa oder das Wittgensteinhaus vor. Darüber kann man diskutieren. Dass der Donauturm alle anderen Gebäude an Höhe übertrifft, ist aber völlig unumstritten. Diese Höhe ist es auch, die dazu führt, dass viele Menschen hinauffahren um runterzuschauen oder runterzuspringen. Erst vor kurzem stürzte sich jemand von der Plattform und schlug 160 Meter tiefer zwischen zwei Kaffee trinkenden Damen unschön auf. Sehr schön hingegen ist der Blick vom so klug zwischen Alter und Neuer Donau positionierten Donauturm. Dieser Blick sucht seinesgleichen und übertrifft sogar die Aussicht, die König Kralicek von seinem Bürosessel aus hat. Aufgrund seiner ungeheuren Höhe wurde der Donauturm aus dem überaus stabilen Baustoff Beton gefertigt, der leider, leider in den letzten Jahrzehnten immer wieder von gewissen, einem falschen Umweltgedanken verpflichteten Kreisen angeschwärzt wurde. Allein das Ausgießen des unteren Turmkörpers dauerte die halbe Kreisky-Ära und mehrere Wiener Bürgermeister lang und geriet schließlich, als niemand mehr an die Fertigstellung zu glauben wagte, zum Triumph nicht nur des transdanubischen Hochbaus.

Der heute zu Unrecht vergessene Architekt ließ den Beton zwischen einen Weichholzkern und eine

Verschalung aus einfachen Pressspanplatten gießen, die beide anschließend verbrannt wurden, was nicht nur den Härtegrad des Betons beträchtlich verbesserte, sondern auch dazu führte, dass der Donauturm innen hohl ist. Durch diesen genialen Einfall ist es gelungen, zwei Aufzüge im Inneren des Turms unterzubringen, die die Besucher bequem und unfassbar schnell zur Aussichtsterrasse oder zum Restaurant bringen. Das ist aber noch lange nicht alles, was dieses Wahrzeichen, dem es leider nie wirklich gelungen ist, aus dem Schatten des Riesenrades hervorzutreten (bildlich gesprochen!), zu einem so herausragenden Gebäude macht. Ich werde in nächster Zeit noch viel über den Donauturm erzählen müssen. 

An den Baustellenverschalungsstadtrat

Etwas sehr Trauriges ist passiert: Die neuen Zugänge der U-Bahn-Station Stadtpark wurden in Betrieb genommen. Gewiss, es ist schön, dort Aufzüge und den Menschen den Zugang zum Stadtpark erleichtert zu wissen. Was mich hingegen tief deprimiert, ist der Abbau der Holzverschalung mit meinem Lieblingsgraffiti. Seit Monaten nehme ich mir vor, es zu würdigen und mich emphatisch für seinen Erhalt auszusprechen, sollten die Aufzugseinbauarbeiten eines fernen Tages abgeschlossen sein. „Ich weiß", gedachte ich an den Bürgermeister und den U-Bahn-Aufzugs-Stadtrat zu schreiben, „dass Sie ein Mann von Herzensbildung sind, dem die Lebensqualität der Wienerinnen und Wiener ein echtes Anliegen ist, andernfalls Sie sich um den so prächtig geglückten Ausbau der U-Bahn-Station Stadtpark nicht zu kümmern hätten brauchen." Nach dieser Captatio Benevolentiae, die den Angesprochenen das Herz weiten sollte, hätte ich sofort nachgesetzt und darauf hingewiesen, dass in Zeiten großer Umwälzungen und Verunsicherung nicht nur der technische Fortschritt, sondern auch Trost und Aufmunterung die Wienerinnen und Wiener bei ihrem kürzer oder länger währenden Aufenthalt in der U-Bahn-Station Stadtpark begleiten solle.

Gerade Leute wie ich – und obgleich eigentlich aus Oberösterreich stammend, befände ich mich hier in völliger Übereinstimmung mit der hiesigen Mentalität –, die sich an den meisten Tagen des Jahres zwischen Missmut und Mieselsucht nicht zu entscheiden wüssten, bedürften des wiederholten Hinweises auf die Möglichkeit von Weltzugewandtheit und Lebensfreude; des Hinweises darauf, dass es Julia & Stephan gibt; Menschen also, die mit dicken Edding-Stiften auf Baustellenholzverschalungen Sätze wie „Es geht mir gut. Es geht mir sehr, sehr gut. Es könnte, weiß Gott, schlechter sein“ schreiben. Vielleicht kann der Baustellenverschalungsstadtrat dafür sorgen, dass die von Julia & Stephan beschriebenen Latten dem üblichen Verschalungsbretterverkehr entzogen und in eine permanente Installation umgewandelt werden. Es würde uns allen sehr viel Kraft geben.

Ein Wien-Rundblick für Stephan & Julia

Natürlich weiß ich nicht, ob Julia & Stephan (s. S. 91 ff.) je auf dem Donauturm (s. S. 89 ff.) waren. Aber ich würde die drei gerne zusammenführen. Dass Julia & Stephan einander nach wie vor zärtlich zugetan sind, kann ich kraft meiner Kolumne verfügen (hiermit geschehen). Ich könnte hier ja die unglaublichsten Paarungen stiften und, sagen wir mal, Joachim mit Helmut oder Marga zusammentun, aber weil ich meine ungeheure Macht mit großer Verantwortung gebrauche, sehe ich davon ab. Joachim und Marga sind ja schon solo ein Hammer und zusammen eine absolut tödliche Kombination. Julia & Stephan hingegen – das passt. Gerne würde ich den beiden die 140 Schilling geben, die zwei über sechs Jahre alte Menschen auslegen müssen, wenn sie mit dem Lift den Donauturm rauffahren wollen (die Rückfahrt ist gratis!).

Das mag manchen ein ganz hübsches Sümmchen dünken, ist aber praktisch geschenkt, wenn man bedenkt, dass man in einer Zeit, die die ortsübliche Durchschnittsdauer für Fahrstuhlgeschlechtsverkehr (142 Sekunden) deutlich unterschreitet, auf unfassbare 165 Meter (die Anzeige zeigt 166 Meter, ist aber falsch) gebracht, ja nachgerade hochgeschossen wird. Und das ist noch lange nicht alles. Die für die charakteristische Silhouette so wichtige, stark verdickte Stelle des Donauturms beherbergt nämlich ein Café-Restaurant, das sich – man mag es nicht glauben, aber ich habe es selbst erlebt – um die eigene Achse dreht! So etwas Abgefahrenes gibt es ansonsten nur an der amerikanischen Ostküste (wie ich Andre Dubus' Roman „Haus auf Nebel und Sand" entnommen habe, der – auch das muss einmal gesagt sein! – bei C.H. Beck erschienen ist), sonst nirgends, auch nicht in Baden-Württemberg. Das mit dem Körper praktisch nicht wahrnehmbare Rotieren wäre freilich total sinnlos, wäre die Front des Cafés nicht großzügig mit durchsichtigem Glas verkleidet, was den Besuchern einen atemberaubenden, aber dennoch gemütlichen Rundumblick über Wien verschafft. Den sollten Julia & Stephan einmal in aller Ruhe genießen können.

Mittwochmittagsbiere in Gaudenzdorf

Wenn gewohnte und lieb gewonnene Tätigkeiten wie Sitzen ohne Rückenschmerzen oder Sex ohne Zahnausfall immer schwieriger auszuüben sind, muss man sich umsehen und neue Quellen des Genusses anzapfen. Das Alter kennt angeblich seine eigenen Freuden, aber mit Inkontinenz, Demenz und Haarausfall würde ich ganz gerne noch zuwarten. Immerhin: Das Hinübergleiten in zusehends dem Tode näher rückende Lebensabschnitte, die auch an den Lebensabschnittspartnern nicht spurlos vorübergehen (immerhin stellt selbst passiver kopulativer Zahnausfall eine gewisse psychische Belastung dar: „Willst du wirklich? Du hast doch erst vor einem Monat zwei Stiftzähne bekommen!"), wird durch Kinderaufzucht erleichtert. Da gibt es immer was Neues. Zum Beispiel Schule: Kind wird hingebracht, Kind wird mit Wissen abgefüllt, Kind wird abgeholt. Aus Gründen, die en detail zu erörtern den Rahmen dieser Kolumne sprengen würde, bin ich mittwochs am Holen. Wenn ich schon hole, dann bleib ich aber gleich zu Hause. Gedacht, getan. Mein Mittwoch hebt also mit intensivem Zuhausebleiben an, das ich mit dem Verstauen von schmutziger Wäsche und schmutzigem Geschirr, dem Lesen von schmutzigen Büchern und dem Hören von schmutzigen CDs legitimiere. Des Mittags dann überquere ich die Flurschützstraße (was ich den Rest der Woche nie mache), hole Tochter ab und zerre sie unter dreisten Versprechungen („Wir können ein Kartenhaus bauen!") zum Wirten. Tochter brüllt herum, dass sie eine derart verstunkene Hütte nicht einmal im Trainingsanzug betreten würde, und beginnt zu randalieren. Ich stopfe dem Servierpersonal Geldscheine in Blusen und Hosen und bestelle. Kurz darauf erklärt Tochter: „Vater, ich muss zugeben, dass deine Idee doch nicht so schlecht war: Diese exquisite Leberknödelsuppe muss füglich als die beste des Bezirks gelten." Ich mampfe befriedigt meine Blunznradln mit Rösti und Sauerkraut und spüle nach. Bier zum Mittwochmittag: Das Alter kennt doch seine eigenen Reize.

Der Käse macht den Kopfstoß gut

Der Holländer hat mich eingeladen. Also hat der Holländer bei mir einen dicken Stein im Brett. Dass er auch ein Rad ab hat, ist bekannt und unterscheidet ihn nicht wesentlich von anderen seefahrenden Völkchen. Ich muss allerdings zugeben, dass ich ursprünglich schon etwas konsterniert war, als man in Amsterdam hartnäckig versuchte, mich totzuradeln. Allerdings wurde ich bald des Umstandes gewahr, dass dies eine über Jahrhunderte gewachsene, lieb gewonnene Tradition ist und sich nicht gegen mich persönlich richtete. Soll sein, Holländer, dachte ich und ging – stets im Visier von calvinistischen Mörderradlern – meines Weges. Von Wien aus war ich freilich nicht gegangen, sondern mit dem Flugzeug geflogen, das geht schneller und hat den Vorteil, dass man während des Fluges ein tolles Feature über österreichischen Wein sehen kann. In beeindruckenden Bildern wird gezeigt, wie sich das gesamte Tierreich vom Wurme über die Wanze, die Fliege, die Spinne, die Gottesanbeterin bis hin zum absoluten Star unter den Schädlingen, dem Star, gegen den österreichischen Wein verschworen hat. Trotzdem entsteht unter der sorgenden Hand des Wachauer Winzers österreichischer Wein – ein Wunder. Die Niederlande hingegen sind keine Wein-, sondern Bier- und Schnapslande, und das ist schon wieder ein Punkt für den sympathischen Holländer. Gewiss wird auch Wein getrunken und im Rahmen von bizarren Sexualpraktiken verwendet, aber die Kombination von Bier und Schnaps erfreut sich doch größter Beliebtheit und ist in Holland unter dem Namen „Kopfstoß“ bekannt. Der kryptische Name mag bei landeskundlich überforderten Menschen auf heftiges Kopfschütteln stoßen und ist doch sehr treffend gewählt: In ganz Amsterdam ist zu später Stunde ein dumpfes Rumpeln zu vernehmen, wenn die Betrunkenen die gemeingefährlich steilen Treppen hinunterpoltern, die in ihren schmalen Häusern zu den frei stehenden Toiletten am Dach führen. Mehr brauche ich in Sachen „Kopfstoß“ wohl nicht zu erklären. Da es in Holland aber auch lecker Käse gibt, ist das alles nicht so schlimm. 

Die Unfähigkeit zu wohnen

Ich bin ziemlich schwach in Wohnen

Wohnen ist nicht gerade meine Stärke. Ganz im Gegenteil – ich bin ziemlich schwach in Wohnen; ein Mangel, der allenfalls noch von meiner flagranten Talentlosigkeit auf dem Gebiet der Darstellung von Zylinderdurchdringungen unterboten wird.* Es ist jedenfalls ziemlich unwahrscheinlich, dass ich je einen Auftritt in dieser Fernsehserie haben werde, in der Menschen einem sympathischen Schnauzbartträger erzählen, dass sie ein Leben lang nur Maschinensemmeln und Milchmargarine gegessen haben, um sich endlich ihr Traumhaus bauen zu können, in dem man das Bad über eine Außentreppe und das Schlafzimmer durch den Kamin betreten muss. Nein, Wohnen ist für mich nicht mit Ganzglasfronten, energiesparenden Altkochfettheizungen und Wendeltreppen aus mondgeschlägertem Mostbirnbaumholz verbunden, sondern mit Haufen unterschiedlichsten Wohnguts, in deren untersten Schichten Hüllen von Hardbop-CDs, medizinische Lippenschonstifte, original englische Rundteebeutel und Reisepässe zart vor sich hin kompostieren.

Ein-, zweimal die Woche tauschen die Haufen ihre Plätze. Dennoch kann man in so einer Wohnung jede Menge unternehmen; zum Beispiel das in Babywannen herumstehende Bügelgut in niedliche Türme stapelbarer Wäsche verwandeln; während in meinem Rücken die anthrazitfarbenen Hemden schonend bei dreißig Grad in der Waschtrommel taumeln, beobachte ich im Fernsehen die Absage eines Skispringens, und während der Wind über Vikersund tonlos durch die Föhren pfeift, spielt in meinem Kopfhörer eine Hardbop-Combo. Deswegen höre ich auch das aufgeregte Gewisper der Hemden nicht, die ängstlich über die neuen Konkurrenten tuscheln, die ihnen der Schlussverkauf ins Haus geweht hat. Was Mutter wieder sagen wird? „Kaum Rheumalinddecken, aber zwei Dutzend graue Hemden!" „Grau ist nicht grau", werde ich antworten und: „Der neue Bügelladen mit der hitzeresistenten Bügelstoppzone ist spitze!" Das Lob ihres Geschenks wird Mutter milde stimmen.

* Mein ehemaliger Professor in darstellender Geometrie, Mag. Brandl, möge bitte von bestätigenden Leserbriefen Abstand nehmen.

Detoxilase entlastet von Schadstoffen

Ein Karton mit Batterien, Bleistiften, einem Dextro-Energen-Plättchen, einem Gummiregenwurm, einer Halogenlampe (kaputt?), einer Häkelnadel, einer Maglite-Minitaschenlampe, einer Marathon-Medaille, einem Lutscher (rot), einer Probepackung Hydra-Detox von Biotherm Homme („Detoxilase entlastet von Schadstoffen"), Straßenmalkreide, einem Tanz-2000-Flummi, einem Taschenmesser mit einem Sprung im Perlmuttgriff, 10-Schilling-Münzen, Zopfgummis, Zündhölzern, Zwirn (73 % Polyester, 27 % Cotton) – all das westlich vom Kühlschrank, dort, wo auch die Schnapsflaschen stehen. Neben den genannten Dingen enthält der Karton, *in a nutshell, so to speak,* mein Problem. Ich meine, was sucht ein Karton mit Batterien, Bleistiften, einem Dextro-Energen-Plättchen, einem Gummiregenwurm, einer Halogenlampe (kaputt?), einer Häkelnadel, einer Maglite-Minitaschenlampe, einer Marathon-Medaille, einem Lutscher (rot), einer Probepackung Hydra-Detox von Biotherm Homme („Detoxilase entlastet von Schadstoffen"), Straßenmalkreide, einem Tanz-2000-Flummi, einem Taschenmesser mit einem Sprung im Perlmuttgriff, 10-Schilling-Münzen, Zopfgummis, Zündhölzern und Zwirn (73 % Polyester, 27 % Cotton) auf einer Arbeitsfläche, auf der normalerweise Zwiebel gehackt, Enten ausgepresst und Schraubgläser mit Biryianipaste (medium) geöffnet gehören? Dass vor dem Karton (der Inhalt ist bekannt) zwei Fässchen mit schwarzer Tinte (Pelikan und Waterman) stehen und ein Säckchen mit Power-Armbändern liegt, habe ich noch gar nicht erwähnt, versteht sich aber, fürchte ich, ohnehin irgendwie von selbst. All diese und Tausende andere Dinge brüllen unisono: „Hier wohnt einer, der kann nicht wohnen." Dem ist schwer zu widersprechen. Ich kann zu meiner Verteidigung nur sagen, dass Aufstehen und Anziehen, Zähneputzen und Zusperren schon schwer genug sind. Wer soll daneben noch Zeit und Muße zum Wohnen haben? Wohnen ist eine Zumutung. Jemand sollte das für mich erledigen. Ich brauche dringend Wohnbeihilfe. Mindestens zweimal die Woche.

Ich brauche eine neue Fumicateurin

Oh Melancholie im Jännerwind! Matt klatscht der Regen gegen meinen Wintergarten, müde liege ich auf meiner Hermelindecke. Die heiße Schokolade im platingefassten Elfenbeintässchen ist längst erkaltet, allein mein Mohairpyjama hält mich warm. Äußerlich. In mir aber, da ist es kalt. Denn unterm Pyjama ist jeder nackt, ein Sack voller Knochen, wie Gott ihn schuf: Memento mori, cave canem, morituri te salutant – manchmal geht wirklich alles schief. Der Super-G ist abgesagt, die Morphiumspritze kugelt irgendwo im Puppenzimmer meiner Tochter bei den Sechzigerjahre-Barbies rum, und die Mätressen sind geschlossen zum Gewerkschaftsgschnas. Im scharfen Galopp gegen die Einbahn auf dem Rücken meines feurigen Arabers, das wärs! Aber auch mein Sattelschlepper hat heute Ausgang, und allein mag ich nicht in den Stall gehen. Erschöpft tastet meine Hand nach der Cohiba-Kiste, fingert nach einer Corona und zieht sich mit schrundigen Fingerkuppen beleidigt wieder zurück. Was ist das? Wo ist meine libanesische Fumicateurin? Sie soll die Dinger pflegen und feucht halten! Die Zigarren aber sind hart wie Rasputins Morgenlatte; ich fege den Zedernschrein vom ziselierten Zigarrentischchen, rauchlos und kalt zerklirr'n sie am Boden.

Vertan der Morgen, verschissen das Frühstück. Da kann ich gleich an die Arbeit gehen. Die Fumicateurin entlassen, eine neue einschulen, eine direkte Verbindung vom Wintergarten zum Reitstall – all das kostet eine hübsche Stange Geld und will erst einmal verdient sein. Zum Glück habe ich meinen Job als Questionär in der Sachfragenabteilung von „Alles ist möglich“ noch. Zehn Prozent bleiben mir als Autor. Für eine Zehntausenderfrage gibts tausend Schilling – der Stundenlohn einer guten Fumicateurin. Ans Werk! Wie hießen die drei Neffen von Donald? a) Athos, Porthos und Aramis; b) Groucho, Harpo und Chico; c) Sem, Ham und Japhet oder d) Georg, Wolfgang und Reinhard? Leider nein. Keine Kohle für den Kandidaten, drei Cohibas für den Questionär. Und das nächste Mal nehm ich mir gleich eine kubanische Fumicateurin!

Als es noch keine Zentralheizung gab

Es soll Leute geben, die heizen ihre Wohung auf 25 Grad hoch, weil sie auch nackert oder in duftiger Schweizer Satinunterwäsche herumrennen wollen, wenn sie sich schon eine Zentralheizung einbauen haben lassen. Für mich ist das nicht so wichtig, weswegen es zwanzig Grad auch tun. Aber natürlich muss ich zugeben, dass zwischen meiner jetzigen zentral beheizten und meiner marginal beheizten Existenz ein riesiger Spalt klafft, zu dessen Lobe man gerne eine kleine Kammermusik für Schlagwerk, Bassklarinette und Kontrafagott komponieren würde, könnte man sich nur dazu aufraffen. Geht aber nicht. Weil es nämlich schön warm ist im Federbettchen und die Wohlstandsverwahrlosung die müden Knochen korrumpiert – besonders jene, die man für das Komponieren von Kammermusiken für Schlagwerk, Bassklarinette und Kontrafagott benötigt. Früher, ja früher, da wars des Morgens so kalt, dass man gleich aufstehen und ins Kaffeehaus laufen musste: Fort, fort, zum Komponieren, dachte es einem durch den klammen Kopf. Oder man hatte das Kanonenöfchen am Vorabend bis zur Rotglut hochgeheizt, auf dass es auch noch am Morgen bacherlwarm sei, weswegen dann bei der nächtlichen Höllenhitze an Schlaf nicht zu denken war. Auch der Landsitz meiner Eltern verfügte bis in die Achtzigerjahre nur über zwei Kachelöfen und einen gusseisernen Badewasserheißmacher. Als sich eine

Hand voll lustiger Maturanten dereinst dorthin verfügte, um tüchtig zu trinken und Blödsinn zu schwätzen, heizten diese den Küchenofen ordentlich ein und stellten ein paar riesige, wassergefüllte Töpfe drauf, damit die schöne Hitze gleich auch noch das Wasser heiß machte. Das dampfte denn auch fröhlich aus den deckellosen Töpfen, kondensierte an den kalten Küchenwänden und rann diese in breiten Strömen hinunter, sodass es in der Küche aussah wie in einem Tarkowskij-Film. Diese kleine Schnurre zeigt, dass es früher einmal auch ohne Zentralheizung recht hoch hergehen konnte. Komponiert haben wir damals aber auch nicht viel. Alles in allem kann man also sagen, dass die Zentralheizung schon gut ist.

Herr Reding versaut mein Wochenend'

Wien, 15. Juli 2001, 17 Uhr: 36 Grad Celsius. Das ist meteorologischer Extremismus! Quasi Erste Republik. Am Abend besucht mich Royal Albert Hall in meiner verdunkelten Wohnung im vierten Stock. Gemeinsam sehen wir den Wänden, von denen sich die Tapeten schälen, beim Schwitzen zu. Im Kühlschrank kocht das Bier. Wir trinken ein paar Flaschen mit Strohhalmen, weil das ständige Öffnen der völlig ausgetrockneten Lippen zu anstrengend ist. Ein Gespräch ist unmöglich. Weil die Kugelschreiber alle ausgelaufen sind, schreiben wir mit Graphitstiften auf einer alten Asbestverkleidung, denn die Papierservietten haben sich durch die beim Schreiben entstehende Reibungshitze selbst entzündet. Schuld am ganzen Schlamassel ist Carsten Fastner. Solange sich die Quecksilbersäule unter der 30-Grad-Marke befindet, mault der Musikmann. Das Wiener Wetter sei eine Katastrophe, in ganz Europa verstünde man mehr vom Wetter als in Wien, insbesondere in Italien und Frankreich, aber auch in Heidelberg habe er erst neulich wieder ein ganz tadelloses Wetter genießen können. „Dann geh' doch rüber", möchte man sagen, hält sich aber zurück, weil man andernfalls gewiss vorgehalten bekäme, die typische Wiener Misanthropie sei auch wieder nur eine Folge des subarktischen Wetters, das wie eine Käseglocke über der Wiener Wetterinsel hänge. Apropos Käse. Einer der wenigen Orte mit vernünftigen Temperaturen, die man dieser Tage aufsuchen kann, ist das Käseland am Naschmarkt, wo man einen wunderbar reifen Brie de Meaux kriegt, wenn ihn Fastner noch nicht weggekauft hat. Es gelingt mir. Der Brie läuft von alleine in meine verdunkelte Wohnung im vierten Stock. Vier Stunden später werde ich aus dem Käseland geworfen. Dabei wäre ich spätestens am Sonntag um 20 Uhr eh gegangen. „Tatort"-Schauen. Ludwigshafen! Lena Odendahl!! Aber ein gewisser Dominik Reding, der für Buch und Regie verantwortlich zeichnet, hat seine ganzen Energien darauf verwandt, mit seiner saublöden Folge „Fette Krieger" mein Wochenende total zu versauen. Das Bier im Kühlschrank möge ihm verdunsten!

Diese Kolumne kostet öS 980,–

Bislang habe ich dem Satz „Das ist ja kein Zylinder!“ keine besondere Bedeutung beigemessen. Ich denke nicht daran, eine Hutmacherlehre zu beginnen, und ein zweijähriges Martyrium in darstellender Geometrie habe ich bereits in den ausgehenden Siebzigerjahren hinter mich gebracht. Wobei sogar ich kapiert habe, was ein Zylinder ist: Zerschneidet man ihn, kriegt man Zylinderschnitte – sehr im Unterschied zum Kegel. Am 19. April knapp nach 17 Uhr bin ich dem Satz „Das ist ja kein Zylinder!“ unerwartet doch noch begegnet. Es ist wie mit Zahnschmerz oder Sex – jahrelang kannte man ihn nur vom Hörensagen, aber wenn es dann passiert, weiß man sofort: Ah, das ist er! Es geht dann oft sehr schnell. Ich habe gezerrt und gerüttelt, das von der Nachbarin geborgte Öl ins Loch gefüllt – „Mehr, mehr“, hatte sie mich angefeuert –, und als ich dann auch noch ihren Schraubenzieher als Hebel benutzte, brach der Schlüssel endgültig ab. Sofort war mir klar: Das ist der Moment, in dem der Schlüsseldienst in dein Leben tritt. Auch die Nachbarin wusste Bescheid und raunte mir mit gedämpfter Stimme und sichtlich gut gelaunt zu: „Musst du Service holen. Weißt du wie teia is? Is sähr teia! Sähr teia! Tausendsexhundatneinzig!!“ In solchen Momenten soll man den Leuten ihre kleinen Freuden ruhig lassen. Auch hätte ein lässiges „Mir doch egal. Wozu haben wir das höchste Haushaltseinkommen im ganzen Haus? So viel geb ich normal für meine Tennissocken aus!" mein Image kaum wesentlich verbessert. Also rief die Frau, die mit unserem Kind und mir das Wohnen zum Art brut entwickelt hat und von mir soeben eingesperrt worden war (nein, das zu erklären ist jetzt zu kompliziert!), den erwähnten Dienst an, und keine zehn Minuten später keuchte der Mann mit den zwei Notfallkoffern die 96 Stufen hoch. „Des is ja ka Zülinda. Des is a Dopplboat", meinte er. „Des is schlecht." War dann aber doch nicht so schlimm und kostete bloß öS 980,– Schlüsseldienst und gemeinsames Pizzabasteln an einem Tag – mehr Adventure-Education kann eine Tochter echt nicht erwarten.

Hotelklos dürfen ruhig im Bad sein

Weil ich zu Hause wohnen darf und kein Vertreter bin, liebe ich Hotels. Zum Beispiel war ich schon zweimal in Linz im Hotel (einmal freiwillig) und dreimal in Wels. In Wels hatte ich eine Suite, die war so groß wie das Klavierzimmer meines Chefs. Am Vormittag übte ich dort meinen Abschlag und die langen *putts*, am Nachmittag suchte ich meine Frau; nachdem ich sie auf ihrer Seite des Bettes gefunden hatte, unternahmen wir eine kleine Wanderung Richtung Badezimmer, kehrten allerdings, nachdem es dunkel geworden und der nächste Lichtschalter eine gute halbe Gehstunde entfernt lag, wieder um und tasteten uns ins Bett zurück. Viel zu erschöpft, um noch Geschlechtsverkehr haben zu können, schliefen wir ein. Am nächsten Tag gingen wir duschen. Weswegen wir das Frühstück dann auch verpassten. Üblicherweise sind die Hotelzimmer aber kleiner als das Klavierzimmer meines Chefs – irgendwo zwischen dem Swimmingpool meines Bruders und dem Aquarium meines Chefs. Im besten Falle verfügt es über folgende Einrichtungen: eine Minibar, in der man die mitgebrachten Biere einkühlen kann; eine Badewanne, in der man baden und mitgebrachte Biere einkühlen kann, falls es keine Minibar gibt; eine Badezimmerfußbodenheizung, über die man warmen Fußes zu den Bieren gehen kann, sowie beheizte Rohre, auf denen man die Handtücher trocknen kann, die man zum Aufwischen des verschütteten Bieres benötigt. Ein Klo setze ich voraus, wobei sich dieses ruhig im Bad befinden kann, ja soll. Es geht nichts über eine gediegene Hotel-Defäkation. Man nimmt ein sinnlos umfassendes Frühstück (Ballaststoffe nicht vergessen!), weil es schon mal da ist, trinkt eine Kanne von diesem scharf gerösteten, teerschwarzen Hotel-Kaffee, wartet, bis die Perestaltik in Schwung gerät. Und dann geht man tatsächlich dorthin, wohin feine Menschen wollen, wenn sie nach dem *bathroom* fragen. Wer nach dem Frühstück in, sagen wir, Dr. Stühlingers Kurhotel sauber abgestuhlt hat, geht ganz anders in den Tag als die hastigen Menschen, die in der Früh die U-Bahn vollfurzen.

Bierchen im Bauch des Molochs Berlin

Berlin gilt gemeinhin als das Ding. Berlin, eine Sinfonie der Großstadt, dirigiert von den Armen Hunderter Baukräne. In Berlin, so hört man es doch ständig von einem der zahlreichen Berlinexegeten, wächst zusammen, was nicht zusammengehört, und bildet gemütliche Gegensätze, sodass im Bauch dieses Molochs auch schon mal Türke, Banker und Kampfhund ein Bierchen miteinander trinken. Und in der Tat: Berlin ist gut. Was soll man schon sagen gegen eine Stadt, in der es ein Haus der Automatenwirtschaft gibt? Oder Velo-Taxis, mit denen langgliedrige, durchtrainierte Burschen herumradeln, als gäbs keine S- und U-Bahnen? Alleen, Kanäle, historisches Baugut – alles da. Der Berliner hats gut. Am besten aber hats Koberg. Er wohnt in der aus guten Gründen so genannten Hasenheide, aber dennoch voll urban: genau zwischen dem größten Bräunungsstudio der Stadt und der City-Bowling-Bahn. In einer Wohnung, die ein schönes Beispiel dafür ist, was man durch raffinierte Lichtregie alles erreichen kann, wenn man ein Händchen für Lampen hat. Da brauchts auch keinen sündteuren Designer-Schnickschnack, sondern nur ein paar Eröffnungsschnäppchen von Karstadt vis-à-vis, und schon kann Koberg seiner Wohnung buchstäblich auf Knopfdruck (alle Lampen sind selbstverständlich unabhängig voneinander ein- und ausschaltbar) eine Dreiecks- oder eine Rautenform verpassen.

Koberg kommt also frisch gebräunt aus dem Studio und denkt sich: So, jetzt will ich einmal eine gepflegte Kugel rollen, dann geh ich in eine der unzähligen Kreuzberger Kneipen, die für mich so leicht zu erreichen sind, weil ich ja in Kreuzberg lebe, trinke ein Bierchen mit Türke, Banker und Kampfhund, und hernach gehe ich heim wohnen und zwar, sagen wir, heute mal in einer Raute. So also ist Berlin. Total gut.

Koberg kann nicht indisch kochen

Berlin war sehr schön und aufregend, aber auch nicht ganz billig gewesen. Man muss dort ja ganz oft wohin gehen, was essen und trinken und allerhand Dinge erwerben, CDs zum Beispiel oder den Kugelschreiber der Lamy-2000-Serie, den man beim letzten Deutschlandaufenthalt nachgekauft, inzwischen aber schon wieder verloren hat; und die sensationell ermäßigte und sensationell rückstrahlende Asics-Winterlaufjacke in Grau-Orange; und natürlich eine Büffelhornkette und einen Filzpuppenziegenbock mit Dreadlocks, schließlich will man nicht bloß mit einem riesen Muskelkater heimkommen. Also muss ich Berlin jetzt noch eine Kolumne abpressen, dann bin ich wieder reich und kann wieder ins Ausland, sagen wir nach Frankfurt. Noch aber sind wir in Berlin, und Koberg will indisch kochen lernen, also gehe ich zu Karstadt und kaufe ein Schraubglas mit Rogan-Josh-Paste und einen Lammschlögel und Basmatireis und Krachfutter und eine Flasche Aquavit. Jörg sucht den Wein aus. Weil Montag ist und auf Pro 7 „Futurama" und die „Simpsons" laufen, müssen Jörg und ich fernsehen, und Koberg stellt sein TV-Gerät zur Verfügung. Das Bild ist absolut beschissen. Koberg findet es ganz gut. Wir erklären ihm die Simpsons. Koberg ist Theaterkritiker. Später kommt auch noch Bert dazu, und nachdem wir uns die Augen ruiniert haben, beschließen wir, Bowling spielen zu gehen. Bowlinghallen heißen immer

Brunswick. Das ist vermutlich ganz leicht zu erklären, als Geheimnis aber schöner. Die Bowlinghalle sieht außerdem so aus, als müsste man mit Z(entralsparkassen)-Kugeln bowlen. In Wirklichkeit muss man nur Leihschuhe tragen, die sehr schick aussehen. Die Kugeln sind unglaublich schwer, und man hat ständig Angst, in ihnen mit den Fingern stecken zu bleiben und sich diese zu brechen. Ich gewinne. Der 11. September wird zum Homer-Simpson-Memorial-Day erklärt und soll in Zukunft von aller Welt so gefeiert werden wie beschrieben. Bis dahin kann Koberg vielleicht schon indisch kochen. In Zwangslagen ist es auch zulässig, TV-Geräte mit untadeligem Empfang zu verwenden.

Gulasch auf Schienen und anderswo

Kleines Gulasch in St. Pölten

Sieht man einmal von den Menschen, der Natur und der Kunst ab, dann gibt es wenig, was ich so liebe wie das Eisenbahnfahren. Immer wieder und mit großem Erfolg rufe ich an dieser Stelle die Bürgerinnen und Bürger des Landes zum Erwerb einer Vorteilscard auf, mit der sich billig und sicher reisen lässt, und habe durch die Erzählung so mancher schönen Schnurre, die sich auf meinen Eisenbahnreisen zugetragen hat, zur Popularität dieser Fortbewegungsart beigetragen (im Übrigen unbedankt von der ÖBB, was aber nichts macht). Als ich unlängst nach St. Pölten reisen musste, war ich früh genug am Bahnhof, um von 12.21 Uhr auf 12.17 Uhr und von Bahnsteig sechs auf Bahnsteig sieben umbuchen und auf diese Weise die Annehmlichkeiten eines Speisewagens nutzen zu können. Es war eine adrette neudeutsche Ausgabe, in der gerade italienische Wochen herrschten. Der Speisewagenkellner schrieb ein bisschen was auf, hantierte halblustig mit Besteck, nahm dazwischen die ein oder andere Bestellung auf. Als ich mich bemerkbar machte, wurde mir beschieden, dass ein jeder drankäme. Eine Viertelstunde nach Abfahrt des Zuges und nachdem ein älterer Fahrgast am Nebentisch eine Gulaschsuppe geordert hatte, tat ich desgleichen und bestellte noch ein Bier dazu, nicht ohne dem Kellner Bescheid zu geben, dass ich schon in St. Pölten den Zug wieder verlassen müsse, worauf der gute

Mann meinte, das könne er jetzt nicht versprechen, in die Küche ging und deutlich vernehmlich eine Gulaschsuppe orderte. Ich habe mir in meinem Leben ja schon viel gefallen lassen und gedenke, das auch weiterhin zu tun, aber was zu viel ist, ist zu viel. Also verließ ich wort- und grußlos den deutschen Speisewagen und versuchte meine nur allzu berechtigte Empörung durch die Vorstellung zu lindern, wie der dreisteste Speisewagenkellner, der mir je untergekommen ist, blöd mit einem herrenlosen Bier auf dem Tablett im Speisewagen nach St. Pölten steht, die dumme Sau, die. In St. Pölten dann aß ich vergnügt ein kleines Gulasch und trank ein Bierchen dazu. Gebäck? Zwei Semmeln.

Schwimmende Schweinsteile in Graz

Es ist eine schöne Idee, die Wochenenden unter ein Motto zu stellen. Fremdenverkehrsinstitutionen bieten ja mittlerweile hochausdifferenzierte Packages an, im Rahmen derer man sich durchs Mostviertel saufen, den Golfausflug ins Waldviertel mit selbst erwürgtem Wild würzen oder einen der beliebten Flachsbrechworkshops besuchen kann. In Zeiten der Autoflexibilisierung, in denen ohnehin jeder sein eigener Unternehmer ist, muss man freilich nicht auf die Angebote einer außer Rand und Band geratenen Dienstleistungsgesellschaft zurückgreifen, man kann sich ein Erlebniswochenende auch jederzeit selber stricken. Weil ich nach Graz musste, wo derzeit eine Arbeit mit dem schönen Titel „Das Weiche, das Warme, das Fette, das Süße“ zu sehen ist, die dieselben Intentionen zu verfolgen scheint wie meine Wochenendgestaltung (welche ebenfalls auf „eine ganzheitliche, involvierende Wahrnehmungsweise zielt“), beschloss ich, diesmal das Fett zum Leitgestirn meiner Freizeit zu erheben. Und zwar nicht das gute, mehrfach ungesättigte Antipasti-Artsyfartsy-Toskana-Fett, sondern das grundehrlich schädliche Arme-Leute-Fett. Zum samstäglichen Auftakt nahm ich ein Verhackertbrot zum Bier, verschmähte im Zagreber Speisewagen dann sowohl die „Brötchen mit Kulen“ als auch die „Eisenbahneraufstriche“ und die „Kalbsmedaillons in Champignons“, um ein Käseomelett zu wählen (Eier sind immer ein Bringer), das mir gleichsam die Rutsche zur unumgänglichen Klachlsuppe (mit Heidensterz!) legte, in der zahlreiche, ausschließlich aus Fett und Knochen bestehende Schweinsteile schwammen. Es wurden auch „naturbelassene Getränke vom steirischen Bauern“ angeboten, aber weil ich für gewagtere Spielarten der steirischen Sexualität wenig übrig habe, hielt ich mich, wie gewohnt, an den steirischen Brauer. Den Sonntag schließlich krönte ich mit einem Erdäpfelgulasch aus eigener Hand (selbstverständlich auf Schweineschmalzbasis), in der Hoffnung, in Freddy Schenk* einen Fürsprecher für mein Handeln zu finden. Statt dem „Tatort“ waren dann aber nur die Amis im Fernsehen.

* Gemeinsam mit Max Ballauf (Klaus J. Behrendt) ermittelt Freddy Schenk (Dietmar Bär) am „Tatort“ Köln. Freddy Schenk ist der Größte!

I'm in a Kirchberg State of Mind

Viele der Leserinnen und Leser, von denen sich am 26. Oktober erstaunlich wenige im Josef Ressel befunden haben, werden sich gefragt haben, was mich in den bis zum Bersten mit Reisenden gefüllten IC 155 getrieben haben mag. Eine nur allzu berechtigte Frage, die schnell beantwortet ist. Der Josef Ressel stellt für autoabstinente Wiener das probateste Mittel dar, um bis zu Mittag nach Kirchberg am Wechsel zu gelangen. Von Wiener Neustadt bringt einen dann das City-Shuttle Wiesel mit der Flinkheit und Wendigkeit des namengebenden Tieres zum City-Terminal Gloggnitz, von wo aus ein Bus direkt zum Zielort fährt. Leserinnen und Leser, die gemeinsam mit dieser Kolumne alt werden, erinnern sich vielleicht daran, dass ich Kirchberg-Aficionado bin. Nicht bloß wegen der Wittgenstein-Lehrpfade und -Gedenkstätten, mit denen das Feistritztal reich garniert ist, sondern auch wegen der ortsansässigen Gastronomie, die mit einer breiten Palette an heimischen und mexikanischen Gerichten den Gaumen eines jeden Gastes zufrieden stellen wird, der auch einmal ohne Selektion spanischer Wildschweinrohwürste samt dazu passenden Riojas auszukommen vermag, vor allem aber wegen der wiennahen und doch entrückten Lage, die diesen formidablen Flecken mithilfe verschiedener Bergrücken zwischen 1743 und 887 Höhenmetern vor unliebsamen Eindringlingen schützt. Die Tallage des auf 581 Metern gelegenen Ortes sorgt auch dafür, dass dieser in Herbstzeiten ausreichend mit Nebel versorgt wird, was einen schönen Anlass bietet, die umliegenden Bergrücken zu besteigen und im Laufe dieser Tätigkeit die Nebeldecke aufs Allerannehmlichste zu durchstoßen und atemberaubende Blicke in die prächtigste Herbstlandschaft zu tun, für die man andernorts, etwa in einer südspanischen Peepshow, im Minutentakt mit klingender Münze zu zahlen hat, andernfalls man Gefahr läuft, von grimmigen Schnurrbartträgern mit Rohwürsten von minderer Qualität verprügelt zu werden.

Im Magen von Romy Schneider

Mit Gulaschsuppe liegt man eigentlich immer richtig. Ich meine, man kann wirklich kaum was falsch machen. Der Standard der gängigen Instantprodukte ist zufrieden stellend, sodass man sogar auf entlegenen Berghütten ohne Bedenken eine Gulaschsuppe ordern kann. Gulaschsuppe gilt als Kraftnahrung und daher als mit der Tätigkeit des Bergsteigens besonders kompatibel. Unter Gourmets hat sich in letzter Zeit freilich die Auffassung durchgesetzt, dass Gulaschsuppe auch ein hervorragender Begleiter von leichten Tätigkeiten wie etwa Eisenbahnfahren oder Ins-Wirtshaus-Gehen ist. Darüber hinaus soll man sich auch vom Image des so genannten Winteressens nicht irremachen lassen: Gulaschsuppe ist auch bei hohen Temperaturen sehr bekömmlich, und ich kann aus eigener Erfahrung sagen, dass sich selbst ein hochsommerlicher Kurzurlaub in, sagen wir, der Ramsau (womit im Konkreten das Gebiet am Fuße der steirischen Seite des Dachsteins gemeint ist und nicht der namensgleiche Flecken am Ufer des oberösterreichischen Traunsees, der indes zum Gulaschsuppenverzehr als gewiss gleich gut geeignet gelten darf) trefflich zwischen zwei Teller Gulaschsuppe stellen lässt, ja durch diese Gulaschsuppengerahmtheit erst in seinem wahren Glanz zu erstrahlen vermag. Es begann im Kirchenwirt und endete gleichsam im Magen von Romy Schneider, als welcher der Speisewagen des eben so geheißenen IC 536 ja füglich bezeichnet werden kann. Es war sehr heiß. Heiß wie im Magen einer Fieberkranken. Nicht nur deswegen empfahl sich Bier, das ja weltweit sehr zu Recht als Gulaschsuppenbegleiter Nummer eins gilt. Nun muss man den Umstand, dass sich Ottakringer mittlerweile das Monopol in der 0,5-Liter-Klasse auf allen inländischen Zugstrecken sichern konnte, wohl als Schattenseite der Globalisierung bezeichnen. Das ist noch lange kein Grund, dem Schwarzen Block beizutreten, gegen eine globalisierungskritische Jonglage im Speisewagen hätte ich aber gewiss nichts einzuwenden.* Sollte sich der Zug bereits auf italienischem Hoheitsgebiet befinden, ist davon jedoch abzuraten.

* Das kritische österreichische Globalisierungs-Kleinkunstkommando VolxTheater Karawane wurde während des G8-Gipfels in Genua von der italienischen Polizei aus dubiosen Gründen verhaftet. Außenministerin Benita Ferrero-Waldner bekleckerte sich in dieser Affäre nicht gerade mit Ruhm.

Von Poing & Pulling ganz zu schweigen

Vor einigen Wochen haben sie in München die U1 verlängert und mir eine neue U-Bahn-Station hingebaut. Der Name ist selbst für halblustige Sprachspiele unbrauchbar und kann sich mit den besten Münchner Stationsnamen keineswegs messen; unmöglich, gegen Aying, Eching oder Feldmoching anzukommen, chancenlos auch gegen Icking, Ismaning oder Malching, abgeschlagen selbst von Pasing, ganz zu schweigen von Poing, Pulling, Trudering und Zorneding, von Unterpfaffenhofen-Germing gar nicht erst zu reden. Dennoch steige ich gern in Gern aus, da ists nicht mehr weit zu meinen Freunden mit der Villa und der selbstregulierenden Dusche. Gegen München lässt sich gewiss allerhand sagen, aber ebenso gewiss gibt es im Chor der Münchenkritiker mächtigere und wohltönendere Stimmen, als dass ich hier mit einfallen möchte. Ich nehme es durchaus nicht persönlich, dass Herr Puntila seinen Schirm auf meinem Kopf tanzen ließ und ein zarter Speichelniesel über mich erging, denn wenn Franz Xaver Kroetz in den Kammerspielen Brecht macht, dann darf man sich vermutlich nicht wundern, wenn die Rampensäue aus dem Stall gelassen werden. So wie Hunde merken, wenn man sie fürchtet, so vermag wohl auch jeder Theaterfuchs, und erst recht eine Rampensau, den habituellen Theaterskeptiker instinktiv auszumachen; ob es an der bloßen Sitzhaltung oder an dem spezifischen Bouquet aus Angstschweiß und Theaterflatulenz liegt, weiß ich nicht zu sagen. Des Weiteren nehme ich auch die unbeschreibbare Muffigkeit des Kellners im Franziskaner nicht persönlich, weil dieses Verhalten, wie man mir versicherte, auf grunddemokratische Weise gegenüber jedem Gast an den Tag gelegt werde. Ganz persönlich nehmen will ich hingegen das prächtige Schneegestöber, mit dem man mir meinen Aufenthalt überzuckerte, und das gleißende Winterweiß, durch das der kroatische Speisewagen zügig gegen Zagreb rollte, in dem ein nicht mehr ganz so junger Mann mit Sonnenbrillen ein „gemischtes Omelett" verzehrte und den in der Landschaft verteilten Pferden gerne ins Ohr geflüstert hätte: „Was wisst denn ihr?"

Stephen Stills soll ewig leben!

Zu Silvester saß Bundeskanzler Schröder im Studio in Shanghai und blickte bei jedem Schnitt in die richtige Kamera. Sein weit über die Grenzen Deutschlands und Europas hinaus bekanntes Haupthaar schimmerte staatstragend in der Farbe, die auch sein österreichischer Amtskollege kurz einmal verwendet hatte, und die Worte harmonierten mit den Haaren aufs Schönste: Der Rest der Welt wartet auf Deutschland, und Deutschland muss sich jetzt wieder einen Ruck geben. Einen Ruck gaben sich jedenfalls die Münchner, die an den Nymphenburger Kanal strömten und der Krisenstimmung, die derzeit auf Deutschland lastet, durch das Abfeuern pyrotechnischer Artikel Ausdruck verliehen, die sie bei den Chinesen gegen den Transrapid eingetauscht hatten. In Zügen sind die Deutschen Spitze! Zum Beispiel gibt es Loks, die gegen Hass und Gewalt anfahren. „Azubis der DB gegen Hass und Gewalt“ kann man auf denen lesen und „Für Hass und / Gewalt ist / der Zug / abgefahren“. Find ich gut! Die Abstimmung unter den Azubis der DB hätte ja durchaus auch pro Hass & Gewalt ausgehen können. Es ist freilich schon so, dass Eisenbahnfahren den Hass wegräumt und freundliche Gefühle aufkeimen macht. Weiß-blau-bayerisch blitzte der Winterhimmel, als ich von München nach Plattling fuhr. Kurz vor Pulling verkündete Bob Dylan, dass ein harter Regen fallen würde, aber es nebelte nur über

Niederbayern, das Gott sehr flach gehalten und dafür großzügig mit Röhricht, Zwiebeltürmen und – das wissen jetzt nur wenige – Reiherkolonien versehen hat (der Mann hat echt den Bogen raus!). In Plattling wechselte ich Zug und CD, und nachdem ich ein grandioses Grünkohlgericht gegessen und zwei Zwergenbiere getrunken hatte, gefiel es Gott, ordentlich Licht ins Oberösterreichische zu tun und auch noch einen Regenbogen aufzuspannen. Und Stephen Stills sang, dass der Selbstmachmann ein schaler Typ ist, was wohl stimmt, denn der kann nur sich selbst, aber weder Reiherkolonien noch Schnee machen, noch kann er es so orgeln lassen wie Stephen Stills. Stephen Stills soll ewig leben!

Erwachsenenpop & Fleischkäse in Ffm.

Nichts gegen Würzburg, aber innerhalb von eineinhalb Wochen vier Mal durch Würzburg zu fahren, das ist entschieden zu viel des Guten. Wenn ichs recht bedenke, habe ich übrigens doch etwas gegen Würzburg. Nicht nur, weil gleich nach Würzburg eine Abfolge von unendlich vielen Tunneln beginnt – ich meine, wenn die Landschaft keine ICE-Strecken verträgt, soll der Mensch es nicht besser wissen wollen und die Finger von Planierraupe und Stollenbohrer lassen –, sondern auch, weil ich im Oktober vorigen Jahres in Würzburg umsteigen musste. Der Nachtzug nach Wien hatte mich in Frankfurt verpasst, und so saß ich um halb drei Uhr morgens im Bahnhof Würzburg und wartete auf den Anschlusszug. Frankfurt hingegen! Frankfurt hat was. Ich weiß nur nicht, was. Ständig geht man in Frankfurt an einem Maredo-Steakhaus vorbei, und ich fürchte, es ist immer dasselbe. Zudem ist Frankfurt eine Seidel-Stadt: Bestellt man ein großes Bier, bekommt man ein Seidel eingegossen, es sein denn, man bestellt Weißbier, was aber überhaupt nicht zu einer klassischen Pilsstadt wie Frankfurt passt. Sehr schön hingegen passt die Alte Oper für ein Erwachsenenpopkonzert. Letzten Montag zum Beispiel traf ich mich dort, gut abgefüllt mit Fleischkäse und Frankfurtgroßbieren, mit zahlreichen Thirtysomethings in figurellem Übergangsstadium (Modell Fagen) und mit Vorne-kahl-hinten-lang-Frisuren (Modell Becker), um mir Steely Dan anzuhören. Ein erhebendes Ereignis. Walter Becker und Donald Fagen verströmten viel Alterswürde, konterkariert von drei Vokalistinnen, die alles taten, was man sich von Background-Vocals erwarten darf, weswegen wir der Dame rechts außen auch das Luftgitarrespielen nachsehen wollen. Das Schöne an in Alten Opern stattfindenden Erwachsenenpopkonzerten ist, dass sie pünktlich anfangen. Deswegen verließ ich auch erst vor der ersten Draufgabe das Konzert, fuhr mit dem Taxi zum Bahnhof, bestieg die sehr empfehlenswerte City-Nightline, wo mir die Schlafwagenschaffnerin noch gerne zwei Seideln brachte. Als der Zug durch Würzburg fuhr, schlief ich bereits.

Ein Erdäpfelgulasch für Loebenstein

Nachdem der hochlöbliche Kollege Loebenstein (sprich: Leubensti:n) bei der letzten Redaktionssitzung völlig zu Recht angemerkt hat, dass in dieser Kolumne in letzter Zeit ein bisschen gar viel über schienengebundene Verkehrsmittel zu lesen gewesen sei, kann ich hier unmöglich darauf eingehen, wie ich in die formidable Stiftsstadt Schlierbach gekommen bin. Nur so viel: In Wels wurden wir mit dem Auto abgeholt. In Schlierbach hat es nicht nur jede Menge stinkigen, aber wohlschmeckenden Käse, sondern auch einen wunderbaren, knarzbraunen Theatersaal aus echtem Holz, in dem es nach Büffelwachs und schönen Melodien duftet. Dort gilt dasselbe, was König Kenzo unlängst von Reichenau behauptete: "If you can make it there, you'll make it everywhere." Wir, Tex und ich, haben es ge-schafft! Bevor wir dann wieder mit dem Auto nach Wels gebracht wurden, erstand ich auf dem Schlierbacher Bauernmarkt ein Stück Braunschweiger, die sich bei Kochprofis als Zutat für ein Erdäpfelgulasch größter Beliebtheit erfreut. Gerne würde ich auch dem Kollegen Loebenstein einmal ein solches kredenzen, würde es sich mit seiner Religion – Loebenstein ist bekennender Talib und darf während des Ramadan keine Braunschweiger essen – vertragen. Ich habe aber berechtigte Hoffnung, dass sich das demnächst ändert, denn Loebenstein wurde mittlerweile von einer galoppierenden Verweichlich- und Verwestlichung erfasst. Erst unlängst kam er mit zwei frisch erworbenen Selbstbindern in der Redaktion vorbei, um sich von mir zwei astreine Knoten hineinschlingen zu lassen. Die Krawatte könnte er während des Erdäpfelgulaschverzehrs übrigens ruhig anlassen, denn selbstverständlich würde ich ihm eine batistene Serviette persönlich um den Hals binden. Hernach würden wir uns eventuell gemeinsam den Film „Shrek“ ansehen, der soeben auf Video erschienen ist und dessen Erwerb ich jeglicher fühlenden Kreatur dringlichst empfehlen möchte – die Welt wird besser dadurch.

Loebenstein setzt ein Glanzlicht auf

Unlängst kam ich meinem an dieser Stelle schon vor Monaten angekündigten Vorhaben nach, dem „hochlöblichen Kollegen Loebenstein" ein Erdäpfelgulasch zu kochen und nicht untüchtig Wurst reinzutun. Es war diesmal übrigens keine Schlierbacher Braunschweiger, das heißt, Braunschweiger schon, Schlierbacher aber nicht (es sei denn, der Fleischhauer, bei dem ich sie erworben habe, bezieht seine Braunschweiger aus Schlierbach, was ich für unwahrscheinlich halte – der kann ja direkt beim Produzenten in Braunschweig ordern). Der Abend war ein voller Erfolg. Loebenstein fiel schon nach den ersten Bissen vom Islam ab, pries die Wurst und tadelte die Taliban. Zudem hatte er sich schon davor mit exotischem Geblüm und einem Korb voll leckerer britischer Lebensmittel (hauptsächlich aus dem Hopfen-Malz-Sektor) eingestellt, was in allen zivilisierten Ecken dieser Erde als untadeliges, ja vorbildhaftes Verhalten gelten muss und auch gilt, wir lassen uns doch nicht von wem auch immer in die Steinzeit zurückbomben, was?! Aber damit noch nicht genug. Loebenstein setzte dem geselligen Zusammensein auch noch ein weiteres Glanzlicht auf, indem er eine Schnurre aus seiner Jugend zum Besten gab, die sich zu jener Zeit begab, als Dänemark Deutschland bei der Europameisterschaft schlug (danke, Dänen!). Damals weilte auch der junge Loebenstein in Dänemark, feierte gleichfalls und schlief dann, wie's so geht, wenn man jung ist, ein bisschen auf einem öffentlichen Abort. Und als er dann wieder erwachte, blickte er auf einen riesigen Penis, den ein Däne am Kopf hatte. Die Testikel, die zu der Penis-Mütze gehörten, mit der der Däne im Allgemeinen seine Fußballsiege über Deutschland zu feiern pflegt, hingen ihm ins Gesicht – dem Dänen. Man muss sich das einmal vorstellen. Bildlich. Und überhaupt. Ich meine, wer so was erlebt hat, hat praktisch ausgesorgt. Der braucht sich nicht mehr um viel zu kümmern. Der hat ein Leben lang zu erzählen – bis ins dritte und vierte Glied. Seine Kinder und Kindeskinder werden ihn auf den Schultern tragen. Und womit? Mit Recht!

Kein Gulasch für den Präsidenten

„Wenn einer sagt, er hält es nicht mehr aus, hält er es noch eine ganze Weile aus.“ So oder so ähnlich heißt es in einem Film von Alexander Kluge. Ich bin ein Meister des Es-noch-eine-ganze-Weile-Aushaltens. So halte ich es zum Beispiel schon seit Jahren in meinem desolaten und total geschmacklosen Vorzimmer aus, das als Sujet für die große „Wir holen dich da raus“-Kampagne des *Falter* diente. Das Aushalten hat nun insofern Früchte getragen, als es die Frau, mit der ich das Vorzimmer teile, nicht mehr ausgehalten hat und spontan das Vorzimmer mit neuen Anstrichen und Möbeln zu versehen begann, sodass jetzt auch genug Stauraum vorhanden ist, um meine Imelda-Marcos-artige Schuhsammlung unterzubringen. Ich habe mich damit revanchiert, dass ich auf Herumstehen im Vorzimmer verzichtete und mich in der Küche an die Zubereitung eines Putengulaschs machte, eine Tätigkeit, die von meiner grandiosen Tochter mit hagiographischen Gesängen auf meine Gulaschzubereitungskünste begleitet wurde. Dass ich tatsächlich ein Weltspitzenerdäpfelgulasch zu verfassen in der Lage wäre, würde ich nie von mir behaupten. Aber ich könnte ja Joe Zawinul bei einem seiner stets von einem Erdäpfelgulasch eingeläuteten Österreichbesuche in meinem renovierten Vorzimmer empfangen und zum anschließenden Erdäpfelgulaschverzehr in die Küche weiterbitten. Dort würden auch schon Gustav Ernst,

Karl Markus Gauß und Gerhard Ruiss mit einem Bier in der Hand warten, denn ich nähme den Besuch des illustren Gastes selbstverständlich zum Anlass, um die bedeutendsten Schnauzbartträger des Landes zum ersten Gaudenzdorfer Schnauzbarterdäpfelgulaschessen zu laden. Das Ansinnen der Präsidentschaftskanzlei, diesem bedeutenden Event durch die Präsidentenpräsenz noch den Anstrich staatstragender Offiziösität zu verleihen, würde ich brüsk mit dem Hinweis darauf zurückweisen, dass der Bundespräsident als schwer schnauzerloser Mann in dieser Runde nichts verloren habe, und wenn er hundertmal dem Joe sein Tommy sei, ja leider, da könne man beim besten Willen nichts machen!

Glamrock und Gin Tonic

Die Schattenseiten von Barbesuchen

Eigentlich gehe ich nicht in Bars. Außer wenn Kralicek und ich einen besonders üblen Montag hatten. Wir ordern irgendwas ohne Blue Curaçao, starren in das fischlose Aquarium über der Theke und einigen uns schnell darauf, dass alles ein riesiger Irrtum ist. Dann füllt der Barkeeper die Erdnussschälchen nach. Als ich einmal in einem Mailänder Hotel einen Whisky sour bestellte (besteht im Wesentlichen aus Whisky – oder Whiskey? – und was Saurem, was meiner Meinung nach noch das Beste ist, was man mit dem Zeug anstellen kann), verschwand der Hotelbarbetreuer für fünf Minuten, offenbar um in seinem Cocktailhandbuch nachzusehen. Ich fühlte mich sehr weltmännisch. Neben mir saß eine mondäne Frau, die hatte Haare schwarz wie Ebenholz, einen Mund rot wie Lippenstift und war schön wie die sieben Zwerge.

Durch eine kleine pantomimische Aufführung, die der Dame sichtlich gefiel, gab ich ihr zu verstehen, dass ich gerne mit ihr auf ein Zimmer mit Bett und ohne Hotelbarbetreuer verschwinden würde, um ihr das Haar zu Zöpfen zu flechten. Hernach, so pantomimte ich weiter, könne man ja sehen. Die Dame morste mit ihren Lidern ein animiertes „Warum eigentlich nicht?“ zurück, woraufhin ich detailfreudig darstellte, dass ich vorher noch ordentlich was wegzupinkeln hätte. Getanzt, getan. Nach dem Händewaschen betätigte ich einen riesigen Händetrockner.

Wie groß war mein Entsetzen, als ich plötzlich durch das Gebläse eingesaugt wurde und mich nach kurzer Achterbahnfahrt in einem fremden Menschen befand, der mit einem halbkiloschweren Mont-Blanc-Meisterstück Sätze aus Büchern wie „Wie sag ichs treffender?“, „Girokontos für Profis“ oder „Mit Tolstoi durch das Jahr“ exzerpierte. Was für eine Scheiße! Ich war im Kopf von Helmut A. Gansterer gelandet!! Während in Mailand ein ausgesprochen erfreuliches Exemplar der menschlichen Gattung auf mich wartete, war ich dazu verdammt, die Genese einer Gansterer-Glosse zu verfolgen. Eine Viertelstunde später schlug ich hart neben der Flughafenautobahn Schwechat auf.* Nie wieder gehe ich in eine Bar! 

* Leser, die sich jetzt überhaupt nicht auskennen, sollten sich bei Gelegenheit den Film „Being John Malkovich“ ansehen.

Pullovermänner raus aus den Parks!

Es gibt da diese Pullover: Langarm, schwarz, mit Rippstruktur, gerade und relativ kurz geschnitten, aus einem Baumwolle-Elastan-Gemisch. Es gibt da diese Männer: groß, schlank, mit kunstvoll zerzausten Haaren und unbesockten Füßen in Halbschuhen. Die Männer stecken in den erwähnten Pullovern und tragen diese auch noch bei Temperaturen spazieren, bei denen der empfindende Teil der Menschheit in Eisdielen weinen geht. Das muss jetzt bitte ein Ende haben. Aber pronto! Die Pullovermänner sollen sich wieder auf die Hochglanzseiten von Modeprospekten und Lifestyle-Zeitschriften verkrümeln, aber öffentliche Parkanlagen in Ruhe lassen. Die sind für shorttragende fette Ami-Touristen angelegt worden und nicht für sie. Willkommen hingegen sind Gintrinker in Merkur-Märkten (auch eine gut gekühlte Rückzugsmöglichkeit). Damit meine ich weniger mich, der ich unlängst eine Flasche Bombay Sapphire Gin vor mir herschob, als vielmehr jenen Mann, der, dieses Umstands gewahr, mich frug, ob ich Cocktails tränke. Ich bejahte, obgleich ich Cocktails in etwa so trinke wie Toni Polster singt. Martinis? Nun, eher Gin Tonics. Dafür schiene ihm, so der Mann, der Bombay Sapphire doch etwas zu parfümiert und ein Tanqueray (so würde ich den schreiben) die bessere Wahl. Meine Gin-Bekanntschaft – sie trug im Übrigen ein Stecktuch – hat gewiss Recht. Ich brach die Begegnung dennoch formlos ab. Hätte ich ihm gestehen sollen, dass ich Bombay Sapphire nur seiner hellblau schimmernden Flasche und des kolonialen Flairs wegen zu kaufen pflege? Er hätte mich wahrscheinlich sofort in seine Reichenauer Sommervilla eingeladen oder zum Duell herausgefordert – in beiden Fällen eine echte Überforderung meinerseits. Hätte ich die Wahl zwischen einem Spaziergang in einer pullovermanndurchseuchten öffentlichen Parkanlage und einer gepflegten Konversation über die Trockenheit von Martinis, würde ich von einer instantanen Entscheidungslähmung befallen. Man unterlasse es daher fürsorglich, mich vor solche Alternativen zu stellen. Im Übrigen führt Merkur keinen Tanqueray.

Kein Gemüse für den Prominentenfriseur

Am 24. Februar 2000 musste Niki Lauda das erste Mal in seinem Leben seine Schenkel auf die Seite drehen, um mir den Zugang zu meinem Sitzplatz zu erleichtern. Mit Sicherheit ist ihm diese Premiere entgangen, weswegen ich den neben mir sitzenden Sambal Oelek, der im Übrigen der einzige mir persönlich bekannte Halbiraker ist, auch sofort dazu anzustiften versuchte, Unfug mit dem Lauda'schen Kapperl zu treiben, ein Ansinnen, das von ihm, einem passionierten Sammler von Designermode und originalverpackten Vinylalben mit weich gespültem Lulu-Jazz, brüsk zurückgewiesen wurde, vermutlich auch, weil ihn das Angebot („Zwei Krügerln stehen") nicht besonders reizte. Oelek, der sich in dieser Woche bereits zum zweiten Mal in der Kurhalle Oberlaa, dieser Apotheose architektonischen Ostblockismus aus dem Z-Kugel-Zeitalter, aufhielt, war natürlich wieder in völlig ambienteinkompatiblem Outfit erschienen; dabei war seine teildevastierte Yamamoto-Jacke noch immer unauffälliger als das mit Barthaaren von Dschamil Basajew beklebte Versace-Sakko, mit dem er drei Tage zuvor seinen falschen Vorstellungen von Glamrock Ausdruck zu verleihen versucht hatte.

Ich will aber nicht rummäkeln, denn nach dem Konzert hatte Sambal Oelek eine Runde Seideln für mich und Prinz Prada ausgegeben, und zwar im Alt Wien, das ich vor zwei Jahrzehnten das letzte Mal betreten hatte und wo sich in der Zwischenzeit allem Anschein nach noch weniger getan hat als in der Handtasche von Maria Rauch-Kallat. Es gibt sie also noch, die Verlässlichkeit. Sie waltete auch in Oberlaa, wo es Hühnerkebab gab (an sich ein Unfug, da das Huhn mit der Schärfe der rohen Zwiebel überhaupt nicht zurande kommt) und ich, kaum war ich Niki Laudas ansichtig geworden, auch nach dem Prominentenfriseur Ausschau zu halten begann. Siehe da, kaum war das Licht erloschen, schon betrat er den Saal. Da ich meine Tasche mit großkalibrigem Gemüse in der Garderobe abgegeben hatte, konnte ich den Prominentenfriseur nur mit Popcorn und Bier bewerfen; dabei leistete seine Kappe Niki Lauda wertvolle Dienste.

Ich tat den Strand

Bisher kannte ich die Münchner Olympiahalle nur vom Hörensagen und -singen. Letzteres bezieht sich auf Georg Ringsgwandl, von dem die schönen Zeilen stammen: „Heute singt der Placido Domingo in der Olympiahaaalle / So ein menschlich feiner Zug, er singt dort für uns aaalle.“ Nun bringen mich keine zehn Pferde in eine von italienischen Tenören beschallte Olympiahalle. Tenöre gehören nämlich auf Seebühnen, in die Oper oder die Fußgängerzone! In eine Olympiahalle aber soll man entweder Sport oder aber elektrisch verstärkte Musik reintun, die stehend und im Beisein von T-Shirt-Trägern und Pfandbierbechern konsumiert werden will. Zugegeben, T-Shirt und Pfandbierbecher sind eine Allerweltsmischung, die mit Schlapfen und Schlabbershorts ebenso zusammengeht wie mit Tod's und Sommeranzug. Aber. Zum einen wollen wir die aparten Fortysomethings nicht vergessen, die sich in elegante Sommerkleider geworfen hatten, zum anderen war klar: Für Stil sind an diesem Abend ausschließlich die Herren auf der Bühne zuständig, allen voran der Mann im anthrazitfarbenen Anzug, der später ins weiße Sakko und dann in den Silberanzug schlüpfen wird. Silberner Anzug? Stil?? Ja, zefixsakkerment, selbstverständlich!! Heute spielen nämlich Roxy Music in der Olympiahalle, die beste Krawattenrockband aller Zeiten, und Bryan Ferry ist ihr Zeremonienmeister oder, wie es Thomas Kramar in der *Presse* so schön ausdrückte: „ein Peter Alexander einer besseren Welt“. Und diese bessere Welt findet jetzt und ab sofort statt, in der Olympiahalle, dem mit Abstand schönsten Gebäude Münchens. Als ob der Ort nicht egal wäre! Denn das hier ist zumindest europa-, wahrscheinlich aber galaxieumspannend. „Song for Europe“ – es lebe die Bombastballade mit Ganzkörpergänsehautgarantie! In diesem Sonnensystem ist Bryan Ferry unumschränkter Bereichsleiter in Sachen würdevolles Altern. Und wer eine solche Hüfte schwingt, eine solche Locke wiegt, ein solches Gebiss aufweist und über eine solche Stimme verfügt, dessen Anordnungen sollte unbedingt Folge geleistet werden: “Do the Strand!”

Zero Tolerance für Simmeringverachtung

An manchen Sonntagen treibt es mich nach Simmering, auf dass ich Rostbraten in einer ebenso schmackhaften wie schweren Steinpilzoberssauce zu mir nehme. Unter manchen stößt dieses Verhalten auf großes Unverständnis. „Rostbraten in einer ebenso schmackhaften wie schweren Steinpilzoberssauce ginge ja noch an", fühlen sie sich bemüßigt zu meinen, „aber Simmering?! In Simmering möchte ich nicht einmal ein Ehrengrab. Außerdem enthält Simmering einen Doppelnasal!" „Junger Freund", antworte ich hierauf, oder: „Beste Claire-Marie", um fortzusetzen: „Ich bemerke mit Bitterkeit, wie ihr eure Stimme dem Hochmut und der Ahnungslosigkeit leiht, die in euren Herzen hoffentlich nur kurz Quartier genommen haben. In welches Ehrengrab ihre eure sterblichen Reste zu betten wünscht, ist eure und eurer Erben Sache, aber es sollte unter eurer Würde und eine Beleidigung eures Witzes sein, den Doppelnasal zu geißeln, steckt dieser doch auch in der Inneren Stadt, wo ihr euch in Süßbackwarenläden und Modehäusern feiste Hüften anfresst respektive diese zu vertuschen trachtet. Leider sehe ich mich unter diesen Umständen gezwungen, mich mit euch zu duellieren. Morgen im Morgengrauen auf der Simmeringer Haide. Degen oder Pistole?" Es ist nämlich leider nur allzu wahr, dass Menschen, die durch Simmeringverachtung ihre Urbanität glauben beweisen zu müssen, ebenjener vollständig entraten. Simmeringverächter hören Schweinerock und tragen schwarze Schlabbersweatshirts. Es ist kein Zufall, dass Simmering dieser Tage mit einem Konzert von Roxy Music neu eröffnet wird, der stilvollsten Band des 20. Jahrhunderts (als es noch Stil gab). Auskennern und Trendsettern gilt Simmering neuerdings überhaupt als „Vienna's epicentre of true style“ *(Wallpaper)*, was wohl auch damit zusammenhängt, dass sich *Falter*-Style-Queen Eva Weissenberger – wie aus Funk, Film und Fernsehen längst bekannt – dort einen Gasometer gekauft und todschick eingerichtet hat. Dort werden wir uns vor dem Roxy-Music-Konzert auf cremefarbenen Ledergarnituren fläzen und an stilvollen Getränken nippen.

Song for Simmering (avec Style-Queen)

Die Architektur eines gelungenen Abends ist ein komplexes Kunstwerk. Es gibt keine Regeln, die unfehlbar zum Ziel führten, aber es kann ein guter Beginn sein, einen windschiefen Turm an ein Industriedenkmal zu lehnen, Wohnungen reinzutun und die Style-Queen der stilvollsten in Kartoffeldruck und Klebeumbruch hergestellten Wiener Wochenzeitung zu bitten, sich im zweiten Stock anzusiedeln. „Soll sein", sagt die Style-Queen zum Bürgermeister, „aber nur, wenn auch eine quallenförmige Betonhalle in das historische Industriedenkmal gegossen wird, an dem der windschiefe Turm lehnt." Die eine sagt, der andere macht. Auf Plakaten wünscht ein ruderbeleibter Bürgermeister seinen Bürgern einen schönen Sommer, er selbst aber wechselt Blazer gegen Blaumann, tut, wie geheißen, und gießt eine quallenförmige Betonhalle ins Industriedenkmal. „Wen laden wir ein?", fragt mich die Style-Queen. „Deine Gatten im Geiste in die Halle; mich und meinesgleichen zu dir." Und so geschah es. In der Wohnung der Style-Queen gibt es einen Wintergarten (ohne Garten), zwei rechte Winkel und einen Teppich mit einem großen Geschwür, das laut Style-Queen fürs Kopfanlehnen beim Fernsehen gedacht ist, in Wirklichkeit aber wohl fürs Liebemachen ersonnen wurde. „Love Is the Drug" singen Roxy Music in der Quallenhalle, die wir aufsuchen, nachdem ich ein halbes Dutzend Trześniewski-Brötchen (eine sichere Wahl der Style-Queen: der Bryan Ferry unter den Brötchen – nicht mehr ganz jung, aber *sexy as hell!*), ein halbes Kilo grüner Oliven und eine eben noch einstellige Zahl von Gin Tonics vernichtet habe. Das beste Konzert des Raum-Zeit-Kontinuums fegt durch die Betonqualle; König Kralicek trägt einen weißen Sommeranzug und jenen glücklich entrückten Zug im Gesicht, der ganz wesentlich zum Reiz von Roxy-Music-Konzerten beiträgt und noch das härteste Herz einer Leserbriefschreiberin* zum Schmelzen bringen würde. Hernach fahren wir wieder in den zweiten Stock und legen uns aufs Teppichgeschwür. Der Morgen danach ist nicht ganz so fulminant wie der Abend davor: *In Every Dreamhome a Headache.*

* Es gibt bedauerlicherweise immer wieder Frauen, die garstige Leserbriefe schreiben, in denen sie an König Kralicek herummäkeln.

Im Angesicht adeliger Achselbuschen

Bevor ich mich dann am Wochenende auf eine verregnete Alm zurückzog, um mich von ebenso begnadeten wie resoluten Köchinnen mit Gulasch, gebackenen Mäusen, faschiertem und schweinernem Braten sowie der ein oder anderen Brettljause mästen zu lassen und dieser Ernährung ebenso wie der deprimierenden Meteorologie beherzt mit Obstler entgegenzuwirken, ging ich noch einer anderen, etwas urbaneren Lieblingsbeschäftigung von mir nach: Popkonzerte besuchen, bei denen ich den Altersdurchschnitt nicht wesentlich zu senken vermag. Die Rede ist natürlich von dem Auftritt Bryan Ferrys in der Halle E des MuseumsQuartiers, für das sich König Kenzo und ich in unsere schicksten Anzüge geworfen hatten, was von unserem gemeinsamen, in einem altersadäquaten Fischgrätsakko von der Farbe falben Schilfes steckenden Chef, der sich in letzter Zeit eine unpassende Form väterlicher Abgeklärtheit zu arrogieren pflegt, mit völlig haltlosen Unterstellungen quittiert wurde, die auf einer flagranten Verwechslung von genuiner Grandezza mit unschönen Formen juveniler erotischer Ambitioniertheit basierten. König Kenzo ist – trotz seines royalen Wesens – ein ausgesprochener Stehplatzenthusiast. Leider trifft das auch auf Teile des niedrigen Adels zu, sodass ich in den zweifelhaften Genuss kam, Hubertus von Hohenlohe zuerst beim Erzählen von Golfanekdoten zuhören und ihn dann noch dabei beobachten zu müssen, wie er Kaugummi kauend die Arme über dem Kopf zusammenschlug – dergleichen gilt bei manchen Besuchern von Stehmusikkonzerten leider immer noch als akzeptable Art auszudrücken, dass man sich gerade in einer superrockigen Stimmung befindet – und dabei seine Achselbuschen unterm ärmellosen T-Shirt präsentierte. Noch schlimmer trieben es jene, die just in jenem Moment das Maul aufrissen, als Bryan Ferry sich anschickte, König Kenzo durch die Interpretation von „Jealous Guy" sehr glücklich zu machen. Leute, die schwätzen, wenn Bryan Ferry pfeift – das ist die präzisestmögliche Umschreibung für Menschen, die an einem absoluten Mangel an Takt und Herzensbildung leiden.

Alle Männer haben Mütter

Mütter, die nach Duluth durchbrennen

„Hast du eine Mutter, dann hast du immer Butter.“ An diese schöne Liedzeile von Helge Schneider musste ich denken, als ich die Muttertagsgedichte der „Big Brother“*-Belegschaft kurzfristig über mich ergehen ließ. Diese waren inhaltlich, metrisch und reimtechnisch so dermaßen unter jeder Sau, dass ich, wäre ich Mutter eines „Big Brother“-Kindes, sofort mein Testament geändert hätte und mit dem nächstbesten Aerobictrainer nach Duluth durchgebrannt wäre. Damit meine Mutter nicht nach Duluth durchbrennt, habe ich den Muttertag mutterseelenallein und lyriklos in meinem Arbeitsappartement verbracht. Als mich gegen Mittag das Essayschreiben doch recht sauer ankam, begab ich mich in den Böhmischen Prater, um mir alle jene Mütter anzusehen, denen es nicht rechtzeitig gelungen war, einen Aerobictrainer zu finden; weswegen sie jetzt – statt im schönen Duluth stangenförmiges Gemüse in fettarme Dips zu tauchen – mit Spareribs, Braterdäpfel plus zweierlei Saucen auf Mayonnaisebasis traktiert wurden. Geschwächt von verkohlten Tierteilen, Gebrauchslyrik und Verdauungsschnäpsen hingen ganze Familien wortlos in der Gastgartenbestuhlung. Nur an meinem Tisch hatte sich eine Melange-Oma nebst katatonischem Gatten niedergelassen, um jede Bewegung des Kellners aufgekratzt zu kommentieren: „Schau, jetzt trinkta a Bier. Na, hat a an Durscht.“ Was blieb einem auch anderes übrig, als

Durst zu haben? Um einem etwaigen Abreißen desselben vorzubeugen, entschloss ich mich, das Angebot der formidablen Firma Jancura zu nutzen. Diese bietet seit einiger Zeit in einer spitzgiebeligen Holzhütte das avancierteste Produkt der Erdapfel verarbeitenden Industrie an: so genannte Lockenchips, die mittels eines axialen Wendelschneiders der Firma Zippel – sesshaft im deutschen Neutraublingen – und viel heißem Frittierfett hergestellt werden. Die goldgelb-krossen Kartoffelspiralen werden daraufhin in riesige braune Packpapierstanitzel abgefüllt und vom Besitzer verzehrt. Danach ist mindestens eine große Williamsbirne vonnöten. Muttertag hat nicht nur Schattenseiten.

* „Big Brother“ war der Titel einer höchst populären „Reality-Soap“ eines deutschen Privatsenders. Glücklich die Leserinnen und Leser, die dieser Fußnote bedürfen.

retieh dnehegtiew gattimhcaN ba

Eigentlich sollte endlich einmal einer etwas über den Muttertag schreiben. Was Satirisches, eventuell Verfilmbares und Sonntagabendstaatsfunksendbares. Ganz gewiss sollte das wer tun, und ganz gewiss nicht ich. Ich habe mich da wieder eher irgendwo zwischen brüllender Affirmation, leisem Mitmachertum und schweigender Dissidenz durchgeschwindelt. Mutter hatte im Schutze der Nacht und blitzschnell das Bundesland gewechselt, ehe man ihr noch einen Fliederbuschen hätte nachwerfen können, und die Frau an meiner Seite hatte sich noch am Vorabend jeglichen Frühstück-ans-Bett-Schnickschnack und Jazz-und-Lyrik-Performances meinerseits verbeten. Vermutlich aus rein taktischen Gründen, denn mein von ersten Heuschnupfenanfällen und Gastgartensitzungen geschwächter Körper wäre wohl weder in der Lage gewesen, die Marimba vom Dachboden zu holen, noch, dem „Mahl uns, heut' ist Muttertag"-Gebrüll schonend gerösteter Kaffeebohnen innerhalb einer für Frau Holle akzeptablen Zeitspanne nachzukommen. Um acht Uhr morgens saß dann Tochter aufrecht im Bett, forderte lautstark den Besuch von Kunstausstellungen („bloß kein Neo-Geo-Scheiß!") und verlegte sich schließlich darauf – „retieh dnehegtiew gattimhcaN ba" – den Wetterbericht vom Vortag verkehrt herum und nach den neuen Rechtschreibregeln über die Melodie von „Slow Boat to China" zu singen. So much for Muttertagsruhe! Nie wieder Musikkurse!

Um Tochter die Kunsthochschulen-Mucken auszutreiben, fuhren wir in den Böhmischen Prater und aßen Schweinekohle mit Braterdäpfeln. Tochter nahm eine Mütze voll Schlaf und ich ein paar von den kohlensäurearmen Gesundheitsbieren. Danach wechselten wir. Statt einer Ausstellung gab es einen Auftritt von Ernst aus Bremen, der mich prompt zum Publikumsopfer auserkor. Gemeinsam mit Christian aus Niederösterreich musste ich Ernst das Hochrad halten. Es gelang. Und obwohl ich ein in der Wolle gefärbter Jonglage-Skeptiker bin, muss ich zugeben, dass Ernst *(www.webstage.de/ERNST.htm)* seine Sache sehr gut machte. 

Tafelspitzspesen & Tretboottretdienste

Wie für alles, was sich wiederholt, hege ich auch für den Muttertag große Sympathien. Selbstgesticktes, Selbstbeklebtes, Selbstgefaltetes und Selbstgemaltes forever! Wo käme das alles hin, gäbe es nicht den Muttertag? Und wo bliebe der Haderer-Cartoon, der den Muttertag verlässlich begleitet und vermutlich muttertagskritisch gemeint ist? Und wer soll dann die ganzen Schweinsbraten und kindskopfgroßen Brandteigkrapfen und Torten im Schlachtschiffformat vertilgen? Nein, nein, das hat schon alles seine Richtigkeit. (Kennt der islamische Kulturkreis eigentlich einen Muttertag? Und wenn nein, was passiert dann mit dem Schweinsbraten?) Der Zufall wollte es, dass ich unmittelbar nach der muttertäglichen Bankomatabhebung (Schweinsbraten- und Tafelspitzspesen; dafür ließ sich meine Schwester beim Tretbootfahren nicht lumpen und besorgte das Treten & Zahlen) von einer mental unkonventionellen Frau begleitet und von dieser auf die Gefahren der Falschgeldausgabe hingewiesen sowie zum Speiseeisspenden aufgefordert wurde. Ich lehnte ab, was jetzt auch nicht schön war von mir, denn eigentlich hätte ich ihr zum Muttertag ruhig ein Cornetto spendieren können. Ist doch wurscht, ob sie Mutter ist oder nicht! Es ist aber auch so, dass ich mich vor mental unkonventionellen Zeitgenossen ein bisschen fürchte. Zudem scheint ihre Zahl ständig zuzunehmen. In meiner Straße wohnt zum Beispiel eine

Frau, die regelmäßig durch angsthaft intensives Rauchen an der freien Luft auffällig wird, das ich keine zwei Züge lang überleben würde. Dabei ist die Gefahr der Schädigung durch passives Rauchen hier extrem gering. Und unlängst schälte ein junger Mann an der Bushaltestelle einen frisch erworbenen Gilette Mach-3 aus der Verpackung, um ihn sofort am eigenen Bartschatten zu testen. Brauchst du nur blöd zu schauen, schlitzt dir so einer, ratzfatz, auch schon die Halsschlagader auf. Könnte ja sein. Im Bus hat er auch geraucht. Ich meine, von Typen, die im Bus rauchen, kann man ja wohl alles erwarten. Also gemeinsam Vatertag möchte ich mit so einem nicht feiern.

Ich habe meine Tuchent weggeräumt

Unlängst habe ich meine Tuchent weggeräumt, um das alljährliche kopfschüttelnde „Du schläfst noch mit Tuchent?“ meiner Mutter zu verhindern. Stattdessen verwendete ich eine warme Decke. Jedenfalls habe ich sie bis dahin für eine solche gehalten. Hätte man mich bei einer der üblichen Umfragen in der Mariahilfer Straße gefragt: „Womit schlafen Sie?“, ich hätte, ohne mit der Wimper zu zucken, geantwortet: „Mit einer warmen Decke.“ Dann kam Mutter. Sah und erlitt einen halbschweren „Nein, diese ‚erwachsenen‘ Söhne“-Anfall: „Die schwere Rheumalinddecke??!“

Öh. Ich habe also „eine schwere Rheumalinddecke“. Natürlich hätte ich antworten können: „Es ist gut so, Mutter. Ich schlafe gerne unter schweren Decken. In sechs Wochen kommt der Frühling wirklich, da hole ich dann meine leichte, wenngleich warme Wildseidendecke raus, die gefüllt ist mit dem Schamhaar der tibetischen Schneeziege.“ Keine Chance. Denn schon hatte Mutter begonnen, mir die Schlafkultur meines Bruders um die Ohren zu hauen, eines veritablen Bettzeugstrebers, der sich bei Gans, Gunkl und anderen Fachbedarfshandlungen alle Wochen nach neuen Schlafdamasten und danach erkundigt, ob die ungewachste schottische Eiderbürzeldaune schon eingetroffen sei, und man möge ihm davon doch bitte fünf Kilo auf die Seite stellen, gerne, Dankeherrdoktor.

Belastet mit dem Wissen, meine Nächte unter einer schweren Rheumalinddecke zu verbringen, bin ich von Mutter auch noch zum Erwerb einer neuen, zeitgeistig-leichten Rheumalinddecke verpflichtet worden. Wenn ich ihre Geduld nicht zu sehr in Anspruch nehme, darf ich bei der Auswahl dabei sein. Ich nehme an, genau das ist es, was Mütter unter „erwachsenen" Söhnen verstehen. Ein Fortschritt gegenüber dem Jeanskauf anno 1973 (ich sage nur: Kubespoker!), gewiß. Dennoch fiebere ich dem Erwerb nicht gerade entgegen. Ich gehe nicht mehr ans Telefon, sehe unter dem Küchentisch fern und ernähre mich von kalten Ravioli aus der Dose. Und wenn Schlafenszeit ist, kuschle ich mich unter meine schwere Rheumalinddecke und liege hellwach.

Hygienische Nächte mit Gene Kelly

Was ist das? Es ist 140 x 200 cm, „besonders pflegeleicht, kochfest und ideal für Allergiker"? Ein Taschentuch für Heuschnupfengeplagte? Falsch. Ich machs ein bisschen einfacher: Es ist auch noch „weich und wärmend". Naaa? Okay, ganz einfach: Es ist „sehr leicht durch bauschige Polyester-Hohlfaserfüllung?" Richtig: Es ist meine neue Rheumalinddecke. Und für diejenigen, die schon letzte Woche dabei waren und wissen wollen, wie die Sache ausgegangen ist (allen anderen kann ich mein vorwöchiges Kolümnchen gerne zukommen lassen: frankiertes Kuvert mit Name und Anschrift genügt), sei hinzugefügt: Nein, ich habe nicht bezahlt. Nachdem die Raviolidosen leer gegessen waren, kroch ich unter dem Küchentisch hervor, stand auf wie ein Mann und geigte meiner Mutter, die mich vor dem Klo abfangen konnte, einmal so richtig die Meinung. „Lass sie dir wenigstens schenken", flehte sie mich an. „Na gut", sagte ich.

Zwei Tage später stand sie im Wohnzimmer, hübsch eingeschweißt in transparentes Polyurethan: „Pflegeleicht. Hygienisch. Kochfest bis 95° C." 95° C. Na ja. Damit muss man sich heute wohl schon zufrieden geben. Früher, als man die Rheumalinddecken noch in riesigen Bottichen von Austria Email auskochte, war Kochen noch 100° C. 100 und kein ° C weniger. Früher. Als Rheumalinddecken noch Rheumalinddecken waren. Heute heißen die Steppbett.

Steht groß drauf: „TCM Steppbett“. Ich kann mir nicht vorstellen, dass irgendwer ein Schlafbedarfsgeschäft betritt und nach einem „Steppbett“ verlangt. Es sei denn Gene Kelly. Andererseits bin ich mir ziemlich sicher, dass Gene Kelly nie eine Rheumalinddecke gekauft hat. Kelly schlief bekanntlich nur unter erlesensten handgewirkten, kreuzweise geketteIten Satinlaken. Er trug keinen Pyjama, sondern lediglich einen ledernen Stringtanga und einen hasenhaargefütterten Nierenschutzgürtel, weswegen ihn Fred Astaire auch gerne als „Angora-Tunte“ verspottete. Ich finde, das geht zu weit. Gene Kelly hat das nicht nötig. Ich denke, ich werde mein neues Steppbett zu Ehren des großen Steppers Gene Kelly taufen.

Seid jetzt bitte alle einmal peinlich!

Als ich unlängst durch die Schallergasse ging und mit meiner Tochter DJ Ötzis „Hääääiiih bääääiiibiiieh" grölte, befand die Frau an unserer Seite, dass das jetzt „to-tal peinlich" sei. Stimmt. Es muss aber sein. Zudem: Man kann gegen DJ Ötzi sagen, was man will, aber er ist gewiss der richtige Mann für den Opernball. Er ist sozusagen mein Mann auf dem Opernball. Irgendwer muss schließlich auch dort für jene Peinlichkeit sorgen, die all den anderen mehr oder weniger peinlichen Existenzen peinlich ist, die sich dort treffen, ohne dass ihnen das peinlich wäre. Ich weiß auch nicht, wie die Peinlichkeit zu einem derartig schlechten Image gelangt ist. Solange jemand bloß peinlich ist, hat der Rest der Menschheit nicht viel zu fürchten. Ich kann mir zum Beispiel nicht vorstellen, dass Mütter, deren terroristische Söhne Dutzende von Menschen auf dem Gewissen haben, sich zu der Aussage hinreißen lassen, ihnen sei das „voll peinlich". Und würde jemand Hitler als den „peinlichsten Politiker aller Zeiten" bezeichnen, würde er wohl Gefahr laufen, wegen Wiederbetätigung angezeigt zu werden. Als ich unlängst mit dem berühmten Kolumnisten einer lachsrosa österreichischen Tageszeitung in Ried war (ich glaube nicht, dass Daniel Glattauer namentlich genannt werden möchte), um dort vor einem Publikum zu lesen, das man sich – aber das behauptet Jörg Haider ja auch – als das beste der Welt denken muss, gestand der namentlich ungenannt bleibende berühmte Kolumnist auf der Heimfahrt seine „peinliche" Vorliebe für Bands wie Yes oder die Bee Gees. Er spielte dann eine Nummer der wiedervereinigten (!) Yes, und siehe, es war gut: Die Hochspannungsmasten neigten sich zur Erde, und die Fernfahrer weinten vor Glück. Es hat also keinen Sinn, das für sich zu behalten. Es muss raus. Zum Wohle der Menschheit. Seid doch bitte alle öfter peinlich! Furzt in den Kirchen, lallt in den Parlamenten und nehmt geliebten Menschen Kompilationen mit peinlicher Musik auf handschriftlich beschriebenen Musikkassetten auf. Sie werden euch dafür zurücklieben. Versprochen.

Laufen und Saufen

Spargel sehen heißt laufen gehen

Es ist nicht zu leugnen: Immer wenn die ersten ausländischen Spargellieferungen die heimischen Supermärkte erreichen, ist es hoch an der Zeit, das Lauftraining wieder aufzunehmen: Spargel sehen heißt laufen gehen! Der 7. März (das Datum steht auf der Rechnung, die noch zu erwähnen sein wird) sah also drei unterschiedlich schwere und durchtrainierte Herren den Donaukanal entlang, durch die Laufberggasse in die Hauptallee zum Lusthaus, um das Lusthaus- sowie das Mauthnerwasser laufen. Zurück aber auch. Während sich Tex R. und ich mehr auf unsere aufgedunsenen Körper konzentrieren, riskiert Klaus Taschwer ständig eine große Lippe, obwohl er sich in der Gegend absolut null auskennt und auf Attraktionen wie den „Kleinen Hydepark" (vom Ameisbügel aus zu sehen) oder „Klein-Minsk" (die Häusergruppe um McDonald's am Schwedenplatz und das Hotel Capricorno) von uns erst aufmerksam gemacht werden muss. Nach der Verbrennung von um die 900 Kilokalorien (ich verlasse mich da ganz auf die Angaben meiner Polar) müssen die Kohlehydratspeicher wieder aufgefüllt werden, und ein nahe liegendes Wirtshaus, in dem gerade ein ausgelassenes Gschnas mit Alpinverkleidung und den entsprechenden Stimmungshits („Der Anton aus Tirol") stattfindet, scheint uns just der richtige Ort zu sein, Eiernockerln (Klaus T.), Speckrahmpuffer (Tex) und Spinatknödel zu verzehren. Steht alles auf der Rechnung, die mir Tex am nächsten Tag faxt. Daneben findet sich der handschriftliche Vermerk „Kannst du mir mal erklären, wie das entstehen kann?“ mit zwei zittrigen Pfeilen, die auf 8 Stk à 38,00/Stk $^{1}/_{2}$ Zwickl und 19 Stk à 28,00/Stk $^{1}/_{3}$ Zwickl weisen. Das ist freilich leicht zu erklären, auch wenn die Erinnerung als lückenhaft bezeichnet werden muss. Das nächste Après-Running verlegen Tex und ich dann in ein anderes Lokal, wo wir einen netten Abend bei Bärlauchrahmspaghetti mit Lachs (über die sich Tex nicht sehr wohlwollend äußert) und Spaghetti mit Tomatenknoblauchchilisugo damit zubringen, die Namen von Death-Metal-Gruppen aufs Papiertischtuch zu schreiben.

Donauquerungen mit dem Rallenzar

Neben allen gesundheitlichen Vorteilen, die das Laufen Angaben der Sportartikelindustrie zufolge hat, bietet diese Freizeitgestaltung auch noch die Möglichkeit, den Geist und die Sinne zu verfeinern. Wer einen Trainingspartner wie Tex hat (der sich auf dem unübersichtlichen Terrain der Vogel- und Volksmusikkunde ebenso leichtfüßig bewegt wie auf der Prater-Hauptallee), dem werden selbst ausgedehnte Laufausflüge zu einem erfrischenden Quell neuer Erkenntnisse, Einsichten und Erfahrungen. Nicht umsonst wird Tex in Ornithologenkreisen als „Rallenzar" apostrophiert. Neben Themen wie Mistelverbreitung (soll irgendwie damit zusammenhängen, dass sich Vögel den Arsch an Baumstämmen abwischen), kommen während unserer Läufchen auch immer wieder gute Gespräche über unsere nächsten künstlerischen Vorhaben zustande. So haben wir uns unlängst am Donaukanal dazu entschieden, einen Film zu drehen, von dem aber bislang einzig und allein der Titel („Murgh Mania in Mumbay") und die Kosten (sehr, sehr hoch) bekannt sind. Circa 14 Kilometer später mussten wir den Entschluss freilich wieder rückgängig machen. Als wir auf der Donauinsel Richtung Nordwesten trabten, nahm uns nämlich die Schönheit der im silberklaren Freitagnachmittagslicht erstrahlenden, zwar ohne große Überlegung, aber mit sicherer Hand in eine dumpf vor sich hin brütende Natur gesetzten Brücken, Frachthäfen,

Heizwerke und Radfahrwege so gefangen, dass wir spontan das Ende der Kunst beschlossen. Das Kollern der Rohrdommel noch im Ohr, liefen wir beschwingt und unter dem Absingen kunstloser, von schwulen Rehen handelnder Lieder über die Praterbrücke und priesen lauthals deren uns namentlich nicht bekannten Architekten, der stufenlose Aufgänge sowohl quadratischen als auch kreisförmigen Grundrisses geschaffen hatte. Nachdem wir es im letzten Moment vermeiden konnten, auf der Südosttangente zu enden, liefen wir glücklich und um 1450 Kilokalorien erleichtert aus, begaben uns ins nächstgelegene Pub und konsumierten nicht wenige Bierchen zum stattlichen Stückpreis von 76 Schilling.

Ein Tempeltänzchen für Tex & Taschwer

„Das Pluriversum der Laufstile ist immer wieder erstaunlich“, doziert Professor Taschwer, der sich diesmal die Prater-Hauptallee zum Hörsaal erkoren hat. Etwas Eigenartigeres als die lipizzanerartig eingesprungenen Figuren, die Taschwer ausführt, habe ich noch nicht gesehen. Und mich selbst sehe ich ja nicht. Die Bewegungen meines rechten Handgelenkes wecken jedenfalls Assoziationen wie „indische Tempeltänzerin“ (Taschwer) und „total schwul“ (Tex). Tex hoppelt mit so nonchalanter Slackerhaftigkeit dahin, dass man denkt, es ginge ihm einzig darum, seine vorsumerischen Adidas-Hosen auszulüften, in die er seine Beine steckt, weil er diese für zu dünn hält. Woher seine laufbedingten Schulterschmerzen und seine heißen Hände – „Was heißt hier heiß?! Meine Hände kochen!!“ – kommen, bleibt ein Rätsel. Überhaupt ist es ein schlechter Tag zum Laufen. Das Wetter ist schwül, Taschwer zu schnell, und die Beine fühlen sich an wie fünfzig Kilo schwere, mit fein gemahlenem Salz gefüllte Mehlsäcke. Da ich verzweifelt versuche, mit Taschwer Schritt zu halten, der im Stück so viel wiegt wie mein linkes Bein, muss ich an diesem Tag auch auf das Tex'sche Bildungsprogramm verzichten, habe aber ohnehin genug damit zu tun, Japans Fugu-Hauptstadt zu memorieren („Shimonoschi“) und mir zu merken, dass die Helmut-Schmidt-Kappe in Wirklichkeit Prinz-Heinrich-Kappe heißt und gerne den Kopf des unglaublich fetten Königs von Tonga zierte. Während mein Körper beim Laufen zusehends ausdörrt, sauge ich mich mit sinnlosem Wissen voll, das aus dem freundlichen und freigibigen Tex nur so heraussprudelt. Diese Kolumne würde ohne seine enzyklopädische Natur längst versiegt sein, was ihr aber nichtsdestotrotz blüht, denn offenbar hat sich Tex dazu entschieden, seine stupende Informiertheit auf dem Metal-Sektor selbst in klingende Münze umzusetzen, was ich ihm nicht verdenken kann, sintemal er nicht damit gerechnet hat, dass sein um vier Uhr morgens in hopfenheller Euphorie versandtes Fax beherzigt und der vorgeschlagene Grundsatzartikel über Metal vom *Falter* angenommen würde. True Metal!! Was für ein gigantischer Irrtum!!!

Run over Stockhausen (mit Nussschnaps)

Am letzten Freitag ließ ich mir vom Lauftoni wieder ein Paar neue Laufschuhe verkaufen, nachdem ich damit das Laufband belaufen und gesehen hatte, dass für meinen Entengang nur die extrem stützfreudigen Produkte aus dem Hause Asics infrage kommen. Noch am selben Tag wurde das Paar eingelaufen. Die Blasen aber bekam Tex, der erstens wieder einmal zum Haardoktor und zweitens ein bisschen auf seinen Laufstil achten sollte – aus obskuren Gründen kochen seine Hände, schmerzen seine Schultern, bilden sich Blasen an seinen Fußsohlen. Zudem wird er (zumindest vor dem siebten Bier) von einer extremen Berührungsphobie geplagt, die ihn schon beim bloßen Gegeneinanderstupsen unserer Ellenbogen ausrasten macht. Womit nicht gesagt sein soll, dass wir während des Laufens Bier trinken – das kommt erst nachher. Ich bestellte grünen Tee zur Ente beim „authentischen“ Chinesen, den Tex vorgeschlagen hatte und zu dem eben Chinesen und nicht nur Kunststudenten, Künstler, Kuratoren und Kunstredakteure essen gehen. Auch forderte ich Tex auf, es mir gleichzutun. Der aber kniff seine Augen hinter seinen neuen Jim-O'Rourke-Brillen nur höhnisch zusammen und bestellte „ein kühles Glas Bier“. Es folgte eine viertelstündige Eloge auf die Konsistenz des Schaums und auf die erfrischende Wirkung des fein gehopften Getränkes. Als Tex dann auch noch begann, sämtliche Bierspots nachzuspielen, die es im letzten Jahrzehnt in die Cannes-Rolle geschafft haben, brach ich meinen Entschluss, abstinent zu bleiben, jäh und entnervt ab, um in der Folge ebenfalls zahlreiche Biere in Auftrag zu geben. Nachdem weitere Biere Tex von seiner Berührungsphobie geheilt hatten, ließen wir uns von seiner chinesischen Mentaltrainerin He-Hu, die ganz in der Nähe in einer Art-déco-Wohnung mit Küchenkasteln aus den Siebzigerjahren residiert, auf schätzungsweise 47 Nussschnäpse einladen. Danach rauchten wir Uhu in Tuben und brachten die ein oder andere Stockhausen-Oper zu spontaner Aufführung – im Stile eines trashigen Volkstheaters (falls uns der Rabenhof einmal buchen wollte).

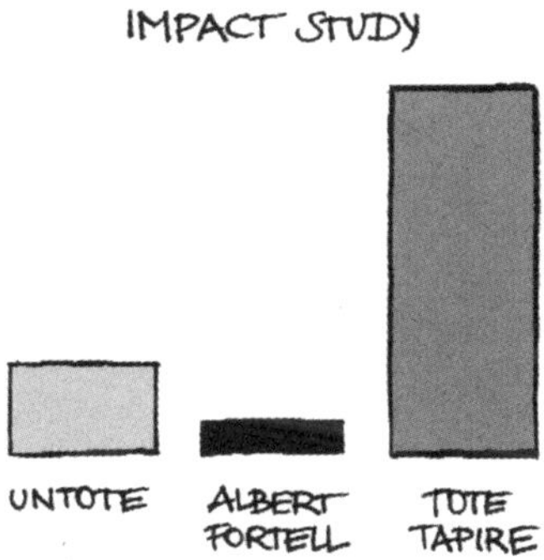

Aus der wunderbaren Welt der Werbung

Grüner Spargel und Geschlechtsverkehr

Wenn ich des Morgens Gaudenzdorf verlasse, winken neue Kreationen auf dem Backwaren- und Bürosnacksektor aus den Vitrinen der Mann-Filiale, und in den Wartehäuschen hängen Plakate, die einem erst einmal einfallen müssen. Das gelingt immer wieder. Mit großem Wohlwollen verfolge ich zum Beispiel die neue Meinlwartehäuschenwerbelinie. Vor Wochen schon hatte man eine perlmuttfarbene Asiatin ins Wasser geworfen, in dem vor schwarzem Hintergrund fröhlich Blasen emportaumelten (Christopher Wurmdobler, hausintern auch „Christopher" oder „Wurmdobler" genannt, vermutete, dass das quecksilbrige Blasengetaumel durch offenbar recht ausgiebige Darmwinde der Schönen verursacht wurde und sich die Arme vor dem Shooting drei Tage lang von Bohnengulasch ernähren musste: „Bitte noch einmal, das war jetzt zu wenig. Meeresfrüchte, die Achte – Klappe!!"). Neben Blasen waren auch Schamhaare zu sehen, was jetzt schon eine ziemlich hinterfotzige Spitze gegen das japanische Schamhaarabbildungsverbot war (diese Kreativen sind schon ziemlich ausgeschlafene Typen – kein Wunder, bei dem vielen Koks). Ich esse jetzt zwar noch immer keine Meeresfrüchte, aber dafür seit Jahren grünen Spargel. Und wie ich so in mich hineinspargle, was denken sich die Meinlwartehäuschenwerbeliniengestalter von Demner & Merlicek?! Die denken sich exakt Folgendes: Binden wir einer

Frau doch grünen Spargel in die Corsage. Unsereins verlässt also Gaudenzdorf, sieht die Backwaren- und Bürosnackinnovationen winken und eine Frau mit einem formidablen *derrière* und einem fantastischen Kinn im Wartehäuschen hängen, die grünen Spargel um die Hüfte trägt. Und so gehts dann weiter: Kurz nach acht stehen als Spermatozoen verkleidete Typen, denen lange Spermatozoenschwänze aus dem Kopf wachsen, auf dem Bahnsteig der U4-Station Karlsplatz und machen Werbung für Geschlechtsverkehr mit Durex-Präservativen. Und den ganzen Tag denkt man sich: „Grüner Spargel und Geschlechtsverkehr. Grüner Spargel und Geschlechtsverkehr. Sollte auch wieder mal her. Grüner Spargel und Geschlechtsverkehr.“

Warum sie da draußen dauernd Sex haben

„Da draußen“, versichert mir mein Chef jedes Mal, wenn der Arbeitstag besonders ekelhaft zu werden sich anschickt, „haben sie jede Menge Sex.“ Ab und zu riskiere ich einen Blick nach draußen. Und? Nichts. Der Nachbar vis-à-vis schaut immer das gleiche Fernsehprogramm wie ich, und in den anderen Wohnungen sehe ich nur Wäscheständer und Schlafsofas, die ich nicht einmal der Lutz-Familie an den Hals wünschen möchte. Ach so, nur dort, wo weder der Fernseher läuft noch das Licht an ist, spielt es sich ab?! Ja, dann haben sie da draußen wirklich jede Menge Sex. Seltsam, dass ich auch von den vorbereitenden Maßnahmen nie etwas mitbekomme. Ich meine, es werden ja nicht alle fesch essen gehen, angenehm angetütert bei der Tür reinkommen, „Lass das Licht ruhig aus!“ rufen und einander die Kleider vom Leibe reißen. Sagt der oder die Ortskundige: „Hier gehts lang“, und manövriert seinen Sexualpartner zwischen Schuhen, Sesseln, Wäscheständern und Hometrainern ins Schlafzimmer? Und ist es wirklich zu viel verlangt, die Wäsche wegzuräumen, bevor man mit einem Mitmenschen angetanzt kommt, mit der oder dem man gerne ficken möchte? Vor allem aber: Wo, zum Teufel, sind die Männer zwischen 25 und 35, die zu bescheuert für ein Risotto, ein Hühnergeschnetzeltes oder meinetwegen sogar Chili con Carne sind und es ergo bitter notwendig haben, sich von Schraubglasnegern irgendwelche schwachsinnigen asiatischen Instantsaucen einreden zu lassen? Kaum schalte ich den Fernseher an (das Programm, das mein Nachbar vis-à-vis schaut), schon taumelt so ein Frühdreißiger herum und brät seine Beischlafhoffnung mit Fertiggerichten an! Die Frauen kriegen schon gar nicht mehr das Maul auf, so beeindruckt sind sie von den Auftaukünsten ihrer fragwürdigen Gastgeber. In Wirklichkeit haben es die jungen Menschen da draußen längst durchschaut, dass sie am schnellsten im Bett landen, wenn sie „Liebling, heut' gibts Chinesisch" flöten oder irgendwas von den neuen Knorr-Kräuterlingen faseln. Gäbe es keine Fertiggerichte, sie hätten da draußen auch nicht jede Menge Sex.

Die Wahrheit über den Schraubglasneger

Die wenigsten wissen, wie schwer es der Schraubglasneger hat. Die Firma, bei der er arbeitet – ein Reis-Multi, der erfolgreich versucht, sein Hauptprodukt mithilfe pseudoexotischer Fertigsoßen unter die Leute zu bringen –, hat ihn durch einen umstrittenen Knebelvertrag dazu verpflichtet, den Hauptabnehmern ihrer Produkte, also Junggesellen mit einer gefährlichen Vorliebe für grasgrüne Sakkos, deren kulinarische Inkompetenz mit ihrer erotischen Einfallslosigkeit wetteifert (wir sind jetzt wieder bei den Junggesellen und nicht mehr bei ihren Sakkos), beizuspringen, wann immer diese (noch immer ist von Junggesellen die Rede) in akuten Beischlafsnotstand geraten und Damen von fragwürdigem Geschmack mittels eines pfiffigen Reisgerichts ins Bett zu locken gedenken. Dank der magischen Kräfte des Schraubglasnegers, der mit einem einzigen Fingerschnippen geschmacksverstärkte Gemüsestückchen und Reis zu einem „köstlichsten Gericht" zusammenmontiert, gelingt ihnen das. Hat der jeweilige Junggeselle die jeweilige Dame fragwürdigen Geschmacks erst einmal beschlafen, ist der Schraubglasneger von seinem Dienst am Kunden entbunden; allerdings nur so lange, bis dieser ein neues Schraubglas mit exotischer Fertigsoße kauft. Dann geht das Elend wieder von vorne los. Wer am Freitagabend oder am Samstagvormittag offenen Auges durch die Supermärkte streift, wird beobachten können, wie Dutzende Männer in fortgeschrittenem Alter und mit ebensolchen Hüften Schraubglassaucenhamsterkäufe tätigen; ein Vorgang, der sich ins Unterbewusstsein von ebenfalls Einkäufe besorgenden Damen fragwürdigen Geschmacks einbrennt und fatale Telefonanrufe auslösen wird, in denen sie langweiligen Grünsakkojunggesellen zu ihrem eigenen Erstaunen eine Vorliebe für chinesische Gerichte gestehen, von der sie bislang selber nichts wussten. Warum Schraubglasneger ausgerechnet für asiatische Küche zuständig sind, weiß keiner. Ich persönlich vermute, dass eine besondere Perfidie des Reis-Multis dafür verantwortlich ist. Die Vorstandsmitglieder sind doch alle perverse Schweine!

Mit dem Geschmack von künstlicher Ente

Es ist Sonntag, kurz nach sieben. Die Hohe Warte meldet sechs Grad für Wien, die OPEC will die Fördermenge erhöhen, Paul McCartney liebt Heather Mills, und mein Nachbar vis-à-vis schaut ausnahmsweise nicht dasselbe Programm. Vermutlich kann er schlafen. Vermutlich ist es auch der falsche Zeitpunkt, um an Fertiggerichte zu denken, aber ich denke immer an Fertiggerichte. Die Milch ist aus, also werde ich demnächst zum Westbahnhof fahren, aber vielleicht sollte ich warten, bis die anderen Geschäfte offen haben, damit ich auch noch Disketten und Grünteelimonade kaufen kann. Warum gibt es kein Milchteepulver im Schraubglas? Vermutlich wäre es nicht gut. Manche Leserinnen unterstellen mir ein gestörtes Verhältnis zu Schraubglasfertiggerichten. Sie haben aber Unrecht. Koberg, den ich mit indischer Schraubglasgewürzpaste zu betören wusste, und sein Freund, König Kenzo, meinten unlängst, ich müsste eigentlich die große goldene Nadel der Handelskammer bekommen, weil ich jedwedem Konsum aufgeschlossen gegenüberstünde. Das ist nicht völlig falsch. Würde mich die Handelskammer tatsächlich für meine Verdienste auf dem Sektor der Verbreitung von Konsumfreude auszeichnen, ich würde gerne eine goldene Nadel ins Leben rufen, die derjenige ans Revers sich heften dürfte, der einen Schraubverschluss erfände, welcher es verhinderte, dass Tonicwater bereits einen Tag nach dem Öffnen der Flasche des Großteils der Kohlensäure verlustig geht. Es ist ein Skandal, dass uns die Tonic-Industrie auf diese Weise zwingt, gleich vier Gin Tonics auf einmal zu trinken. Der Kauf von Gin Tonic als fertiges Dosengericht aber ist aus ökologischen und mixerethischen Gründen abzulehnen. Keineswegs abzulehnen sind asiatische Fertignudelgerichte. Plastikverpackte Ramen sind das beste Junkfood, das man sich vorstellen kann. Den Nudelblock in kochendes Wasser geschmissen, Suppenpulver dazu, voilà, in drei Minuten hat man eine köstliche Mahlzeit. Oft ist ein eigenes Chili-Säckchen dabei, das individuelle Würzung ermöglicht. Ich persönlich bevorzuge Artificial Duck Flavour.

Fläzende Frau mit Fruchtinselhass

Man soll nicht immer auf den Urlaub schimpfen, er hat auch Vorteile. Zum Beispiel kann man sich im zerschlissenen Sofa fläzen, den frühmorgendlichen Luftzug über den schlafmatten Körper streichen lassen und sich im Werbefenster Österreich von RTL einen Spot über ein neues Milchprodukt ansehen, das sogar dem Yeti schmeckt. Dahinter steckt knochenharte Überzeugungsarbeit, und Menschen mit äußerst unsteten Essgewohnheiten haben monatelang intensiv daran gearbeitet, dass die Überzeugungsarbeit gar nicht knochenhart, sondern eher zart und sämig, ja nachgerade fluffig rüberkommt. Im Falle der Frau, die an meiner Seite fläzt, nützt das freilich gar nichts. Da könnte ein Dutzend Yetis kommen, um von pfiffigen Bürschchen mit je einem Löffel neuen Milchprodukts milde gestimmt zu werden, sie würde trotzdem sturheil zu ihrer total subjektiven Meinung stehen: „Ich hasse Fruchtinseln!“ Nun wusste ich, dass die Frau, die an meiner Seite fläzt, nicht gerade zu jenen gehört, die nach Fruchtinselmilchprodukten schreien, kaum haben sie drei Tage nach dem Schiffbruch endlich rettendes Land erreicht; aber dass es sich um einen ausgewachsenen Fruchtinselhass handelt, war mir bislang nicht wirklich bewusst gewesen. Und deswegen machen wir auch Urlaub. Es ist einfach schön, jemand an seiner Seite zu wissen, der sich dem Zugriff der Fruchtinseldesigner in den Nachdenktanks der globalisierten Werbeindustrie zu widersetzen weiß. Die essen über Wochen nur Burger, verzehrfertige Salate in Single-Packungen oder rechtsdrehende Milchprodukte für ein leichteres Leben und reden sich die Köpfe heiß („Päderasten?“ – „Geht nicht.“ – „Ein Krokodil?“ – „Hatten wir schon.“ – „Ein Yeti?“ „Hervorragende Idee, Linda!“ – „Danke, Alex.“ – „Lasst uns diesmal einen Yeti nehmen. Die Typen von Suchard werden toben!“), und dann fläzt da eine in Gaudenzdorf in einem zerschlissenen Sofa, lässt den frühmorgendlichen Luftzug über den schlafmatten Körper streichen und sagt sich: Hm, sogar dem wilden Yeti scheints zu schmecken. Egal. Ich bin kein Yeti, und ich hasse Fruchtinseln!

Viva Kundenkommunikationsinnovation!

An jenem Sonntag, an dem der schlechteste „Tatort" seit der Ludwigshafen-Folge „Fette Krieger" lief (in der aber immerhin Ulrike Folkerts zu sehen gewesen war), wusste ich mit einem Kalbsvögerl zu reüssieren. Kommissar Eisner war dies nicht vergönnt. Er löste stattdessen einen Mordfall in Graz, was ich von mir nicht behaupten kann. Andererseits war die Aufklärung des Mordfalles leichter, als Kalbsvögerl zu kriegen. Mein Stammfleischer hatte keines, und beim Gelegenheitsfleischer klang das Nein auf meine Frage nach etwaigen Kalbsvögerlvorräten so entschieden abschlägig, als hätte ich Heftklammern verlangt. Das soll aber kein Anlass sein, sich über ein Teilsegment des tertiären Sektors zu beklagen. In der Backwarenkettenfiliale, die seit einigen Monaten die Infrastruktur zwischen Gaudenzdorfer und Margaretengürtel ganz wesentlich verbessert – echt dufte: Basketball und Brot im Binnengürtelbereich! –, weiß man mich seit geraumer Zeit mit der Formulierung „Was darf ich noch geben?" zu entzücken. Gerne stelle ich mir vor, wie die vierteljährliche Filialleitersitzung mit dem Tagesordnungspunkt „Umgang mit dem Kunden" eröffnet wird und der Vorschlag, das öde „Was darfs noch sein?" der altvatrischen Konkurrenz mit dem kreuzinnovativen „Was darf ich noch geben?" zu kontern, unter großem Hallo mit achtzehn zu vier Stimmen angenommen wird. Ein Feinkostladenbeauftragter brachte unlängst die Formel „Was darfs sonst Schönes sein?“ an mich. Auch nicht schlecht. Ich bin also einer, der was übrig hat fürs Schöne. Die Krone der Kundenkommunikation muss ich dennoch meinem Stammfleischer aufsetzen. Dort erkundigte sich der Chef mit der schlanken Frage „Was wär noch interessant für Sie?“ nach meinem weiteren Begehr. Ganz klar, der Mann will mir nicht etwas aufschwatzen oder mir als Connaisseur schmeicheln, er setzt kulinarischen Sachverstand voraus und weiß meine experimentierfreudige Neugierde auf dem Sektor des Fleischverzehrs zu schätzen. Und hätte ich Unvorrätiges verlangt, hätte er mir gewiss einen schönen Alternativvorschlag unterbreitet.

Krems könnte (noch) mehr aus sich machen

Wenn man im Badezimmer des Zimmers 21 im Hotel Goldener Engel neben dem Klo steht, kann man über den Dächern die Bahntrasse sehen, und wenn man Glück hat, kommt gerade ein Zug hinter der Avanti-Tankstelle ins Bild, um sich nach links, Richtung Krankenhaus, zu bewegen, während rechts oben im Hintergrund das Stift Göttweig im Morgennebel des Wachauer Winters steht und Gott eine feste Burg sein lässt. Krems hat aber noch mehr zu bieten. Man kann in der vielleicht schönsten der heimlichen Hauptstädte Niederösterreichs nämlich auch ausgezeichnet essen. Ich zum Beispiel habe dort am 27. März dieses Jahres im Schweinenetz gebratene, gehackte Schweinshaxln („Zuerst gebraten, dann gehangen, dann gehackt mit langen Stangen“, wird die Herstellung dieses traditionsreichen Kremser Gerichtes in Mozarts „Entführung aus dem Serail“ besungen) und resche Bauchfleischscheiben in Begleitung von Linsen und einem Rieslingkraut, flankiert von diversen Bieren und Schnäpsen, zu mir genommen. Das ist für jemanden, der – neben Russell Crowe – als heißester Anwärter für die Titelrolle in „Flatulator II“ (“This time it's war!”) gilt, schon einmal eine gute Arbeitsgrundlage (und ergo steuerlich absetzbar). Interessant auch, dass die Kremser mit der berühmtesten Spezialität ihres pittoresken Städtchens, nämlich dem gleichnamigen Senf, eher geizen. Während man in der ganzen Steiermark sozusagen ständig mit Kürbiskernöl beträufelt wird, kriegt man in Krems niemals Kremser. Selbst zu den gehackten Schweinshaxln muss man Senf und Kren extra ordern. Das heißt die Bescheidenheit dann fast schon etwas übertreiben. Im Übrigen ist Krems die einzige Stadt, die ich kenne, die dem Bahnreisenden nicht nur eine Avanti-, sondern auch noch eine Agip- und eine Aral-Tankstelle neben das Gleis gebaut hat. Was macht der Kremser draus? Gar nix. So was gehört doch ins Stadtwappen oder zumindest als schmiedeeiserner Slogan vor die Ortstafel geklotzt: „Avanti, Agip und Aral, Ihr Auto ist uns nicht egal: Krems – Tankstadt der Wachau.“ Wenn das also jemand verwenden wollte – gern; geschenkt.

Quellen

Meine zwei Feinde im Fitnesscenter .... Falter 24/02
Chef checkt Nottermin beim Nackendoktor .... Falter 41/02
Bizarr & wohltuend: Oktopus im Nacken .... Falter 42/02
Zero Tolerance for Stammkundenverarsche......... Falter 44/02
Unbedankte Mühen, unerwartete Freuden.......... Falter 25/02
Zappelphilipp und Tanzmonade .... Falter 10/02
Hitzeleichtsinn ist kein Kavaliersdelikt .... Falter 26/02
Sojasaucenloser Sonntag mit Suzanne .... Falter 14/01
Kein Hotdog, kein Geschlechtsverkehr! .... Falter 04/03
Es muss nicht immer geritten werden .... Falter 35/00
Ich gehe zu Spar und kaufe Salz ein .... Falter 42/01
Schlechte sind noch schlechter als keine .... Falter 06/01
Keine Pfeffermühlenpantomime in Prag! .... Falter 07/01
Vom Gebrauche des rechten Glases .... Falter 11/01
Folgen der freiwilligen Selbstverbärung................ Falter 39/01
Warum bleibt Wurmdobler gelassen?.................... Falter 31/02
Huhnverhöhnung ist kein Kavaliersdelikt .... Falter 32/02
Privileg Ameisenbärenpatenonkelschaft .... Falter 19/01
Frühstücks-Alsmann gibt ein Interview................ Falter 01/03
Auch fremde Pflanzen gehören übersetzt!............ Falter 22/01
So wurde ich Teil einer Kultwortbewegung .... Falter 47/01
Mein stumpfblauer Frühjahrsmantel..................... Falter 13/02
Dasitzen im Caffè-latte-Kurzarmshirt.................. Falter 06/00
Novembersong (mit Bonustrack)........................... Falter 46/02
Chili con Carne geht jetzt wieder!......................... Falter 48/02
Geglückter Tag (avec Frühstücksflocken) .... Falter 44/01
Wie uns im Himmel der Arsch abfror.................... Falter 12/00
Hallelujah überm Hochbettvorhang .... Falter 37/01
Adventmarktgadgetinnovation rules okay............ Falter 49/02
Einen Toast auf Fritz Kratochwijle!........................ Falter 23/00
Der Donauturm wird leider unterschätzt .... Falter 24/00
An den Baustellenverschalungsstadtrat................ Falter 25/00
Ein Wien-Rundblick für Stephan & Julia .... Falter 26/01
Mittwochmittagsbiere in Gaudenzdorf................. Falter 43/01
Der Käse macht den Kopfstoß gut .... Falter 41/00
Ich bin ziemlich schwach in Wohnen.................... Falter 07/00
Detoxilase entlastet von Schadstoffen .... Falter 45/00

Ich brauche eine neue Fumicateurin .... Falter 05/00
Als es noch keine Zentralheizung gab .... Falter 03/01
Herr Reding versaut mein Wochenend' .... Falter 29/01
Diese Kolumne kostet öS 980,– .... Falter 18/01
Hotelklos dürfen ruhig im Bad sein .... Falter 51/00
Bierchen im Bauch des Molochs Berlin .... Falter 37/00
Koberg kann nicht indisch kochen .... Falter 38/00
Kleines Gulasch in St. Pölten .... Falter 12/01
Schwimmende Schweinsteile in Graz .... Falter 41/01
I'm in a Kirchberg State of Mind .... Falter 46/01
Im Magen von Romy Schneider .... Falter 36/01
Von Poing & Pulling ganz zu schweigen .... Falter 05/99
Stephen Stills soll ewig leben! .... Falter 03/03
Erwachsenenpop & Fleischkäse in Ffm. .... Falter 39/00
Ein Erdäpfelgulasch für Loebenstein .... Falter 50/01
Loebenstein setzt ein Glanzlicht auf .... Falter 08/02
Kein Gulasch für den Präsidenten .... Falter 28/02
Die Schattenseiten von Barbesuchen .... Falter 22/00
Pullovermänner raus aus den Parks! .... Falter 21/00
Kein Gemüse für den Prominentenfriseur .... Falter 09/00
Ich tat den Strand .... Falter 27/01
Zero Tolerance für Simmeringverachtung .... Falter 38/01
Song for Simmering (avec Style-Queen) .... Falter 40/01
Im Angesicht adeliger Achselbuschen .... Falter 40/02
Mütter, die nach Duluth durchbrennen .... Falter 20/00
retieh dnehegtiew gattimhcaN ba .... Falter 20/02
Tafelspitzspesen & Tretboottretdienste .... Falter 19/99
Ich habe meine Tuchent weggeräumt .... Falter 12/99
Hygienische Nächte mit Gene Kelly .... Falter 13/99
Seid jetzt bitte alle einmal peinlich! .... Falter 07/02
Spargel sehen heißt laufen gehen .... Falter 13/00
Donauquerungen mit dem Rallenzar .... Falter 14/00
Ein Tempeltänzchen für Tex & Taschwer .... Falter 16/00
Run over Stockhausen (mit Nussschnaps) .... Falter 15/02
Grüner Spargel und Geschlechtsverkehr .... Falter 21/02
Warum sie da draußen dauernd Sex haben .... Falter 40/00
Die Wahrheit über den Schraubglasneger .... Falter 42/00
Mit dem Geschmack von künstlicher Ente .... Falter 43/00
Fläzende Frau mit Fruchtinselhass .... Falter 35/01
Viva Kundenkommunikationsinnovation! .... Falter 16/02
Krems könnte (noch) mehr aus sich machen .... Falter 14/02

Stichwortregister